KB121259

로크미디어가
유혹하는
재미있는 세상

ROK
MEDIA
로크미디어

이것이 법이다

이것이 법이다 26

2017년 9월 1일 초판 1쇄 인쇄
2017년 9월 6일 초판 1쇄 발행

지은이 자카예프
발행인 이종주

기획 팀 이기헌 왕소현
책임 편집 최전경

발행처 (주)로크미디어
출판등록 2003년 3월 24일
주소 서울시 마포구 성암로 330 DMC첨단산업센터 3층 314호
Tel (02)3273-5135 Fax (02)3273-5134
홈페이지 rokmedia.com E-mail rokmedia@empas.com

ⓒ 자카예프, 2015

값 8,000원

ISBN 979-11-294-0809-9 (26권)
ISBN 979-11-255-9575-5 04810 (세트)

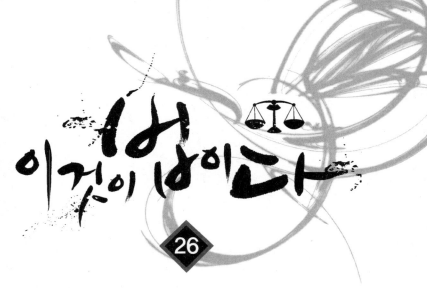

이것이 법이다

26

자카예프 장편소설

로크미디어

CONTENTS

피해자 코스프레

"이게 얼마 만에 집에 가는 거야?"

"그러게……."

피곤한 얼굴로 나서는 사람들. 그들은 하나같이 눈 아래에 다크서클이 가득했다.

"난 사흘간…… 잘 거야……. 죽은 듯이 잘 거야."

"난 핸드폰도 꺼 놓을 거야."

"내 건 이미 꺼져 있다. 배터리 충전할 시간도 없었다고."

연구원들로 보이는 사람들이 분분히 연구실에서 나오기 시작하자 대장이라 불리는 인간의 눈에서는 불이 켜졌다.

"대장, 사람들이 나오는데요?"

"드디어 나오는 건가?"

누가 봐도 피곤해 보이는 그들이 우르르 빠져나가고 나자 순식간에 회사 주변에는 침묵이 돌았다.

"그런데 왜 나오는 거지?"

고개를 갸웃하는 대장. 갑자기 모든 직원들이 나오는 것을 이해하지 못한 것이다.

"그래도 좋은 거 아닌가요?"

"좋은 건 좋은 거지만 그래도 확실하게 해야지."

그들은 고개를 끄덕거렸다.

"하지만 일단 보고는 해야겠군."

대장은 바로 전화기를 들었다.

"형님, 접니다."

"휴가?"

"네, 갑자기 모든 연구를 중단시키고 모든 연구원들을 휴가 보냈답니다. 사흘간요."

"아니, 왜?"

"모르겠습니다."

김일성은 유민택이 왜 그런 선택을 했는지 이해가 가지 않았다.

"설마 그 물질에 대해서 알아낸 건가?"

"그런 것 같지는 않습니다. 그랬다면 연구에 더 박차를 가했을 겁니다."

"그렇지?"

"네. 우리에게 크게 한 방 먹일 수 있는 기회일 테니까요."

"그럼 어째서?"

"글쎄요……."

"정보원에게서는 별말 없나?"

"기다리고 있는 중입니다."

전쟁 중인 만큼 서로가 서로에게 정보원을 심어 두는 것은 당연한 일이다.

"드디어 정보가 왔습니다. 몇몇 연구원들이 대룡을 고소했더군요."

"대룡을?"

"네."

"왜?"

"열악한 근무 환경 때문이랍니다."

"열악한 근무 환경?"

"배치된 후에 거의 휴일이 없었다고 하더군요."

갑자기 김일성은 크게 웃기 시작했다.

"크하하하…… 내 이럴 줄 알았지. 내 이럴 줄 알았어."

그러자 그런 그를 의아한 시선으로 바라보는 이 비서와 보고자.

"아셨다니요?"

"그 녀석들, 노조니 뭐니 만들어서 활동하게 그냥 두지 않았나?"

"그렇지요."

"그러니까 이 꼴을 당하는 거야. 짐승을 사람으로 대우해 주면 안 되지. 자고로 인간이란 기업의 부품이야. 그런데 그런 부품에 사람대우를 해 주니 당연히 물어뜯지."

"그럼 이게 그동안 대룡이 사람대우를 해 줘서 벌어진 일이란 말입니까?"

"그렇지."

대룡과 성화는 확실하게 문화가 다르다. 대룡은 자유롭고 성화는 억압적이다.

"평소에 찍소리도 못 하게 찍어 누르면 아무런 소리도 못 하는 게 노동자야. 하지만 평소에 좀 풀어 주면 기어오르는 게 또 노동자지. 안 그런가?"

"그…… 그렇습니다. 헤헤헤."

보고자는 애써 웃으면서 말했다.

"이 비서는 공감 안 하나?"

"글쎄요…… 전 잘 모르겠습니다."

"이 비서, 작년에 대룡에서 벌어진 노동쟁의가 몇 건인 것 같나?"

"글쎄요……."

"열다섯 건일세. 그러면 우리 성화는?"

"한 건……입니다."

그마저도 순식간에 제압당했지만 말이다.

"솔직히 우리와 대룡은 비슷한 수준의 기업이지. 그런데 왜 대룡은 열다섯 건인데 우리는 한 건일까? 그것도 내가 알기로는 3년 만에 벌어진 쟁의인데?"

"잘…… 모르겠습니다."

"찍어 눌러서 그래. 찍어 누르면서 쥐어짜다가 적당히 돈 몇 푼 던져 주면 감사하다고 주워 먹을 수 있게 훈련돼서 그런 거야. 자고로 노동자는 부품이야. 그런 녀석들은 개와 같다고. 훈련해서 써먹어야지, 그걸 왜 풀어 주느냔 말이야. 그러니까 이런 일이 벌어지는 거야."

이 비서는 완전히 부정하지는 못했다. 현실이 그렇기 때문이다.

월급 같은 건 비슷하지만 노동 강도는 성화가 훨씬 강하다. 그럼에도 불구하고 노동쟁의가 벌어지는 곳은 대룡이지, 성화가 아니다.

도리어 이곳은 저마다 살아남기 위해서 발악하는 곳이다.

"멍청하기는. 그런 녀석이 어떻게 대룡의 수장 자리에 있는지."

이 비서는 차마 재계 순위에서 성화가 대룡에 밀린다는 말을 할 수가 없었다.

"하여간 이번이 기회다. 고소당해서 화들짝 놀란 모양인데 말이야, 제대로 놀라게 해 주자고."

"알겠습니다."

노형진은 좀 떨어진 숙소에서 카메라를 보고 있었다.

카메라 안쪽에서는 몇몇 사람들이 움직이고 있었다.

"멍청한 건가, 바보인 건가?"

"글쎄요."

고문학은 입구에서 졸고 있는 나이를많은 경비원을 아주 당연하다는 듯이 뚫고 지나가는 사람들을 보면서 입맛을 다셨다.

"아주 참 잘 주무시네."

"아주 대놓고 자라고 했습니다."

"아무리 그래도 그렇지."

"연기 하나는 잘하지 않습니까?"

"연기가 아닌 것 같은데?"

저기서 자고 있는 사람은 진짜 경비원이 아니라 새론의 정보 팀이었다.

"일단 일어날 수는 있죠? 안전하다고 예상되지만 인명 피해는 반갑지 않습니다."

"압니다."

고문학은 고개를 끄덕거렸고 카메라에는 몰래 움직이는 사람들의 모습이 착실하게 찍히고 있었다.

"우리가 이렇게 찍고 있는지 모르는 모양이군요."

"아마도 자기들 딴에는 모든 카메라를 확인했다고 생각하겠지요."

물론 그건 맞는 말이다. 분명히 그들은 대룡에서 설치한 카메라의 위치를 확인했을 것이다.

"하지만 내가 개인적으로 한 건 모르겠죠."

"기록에 없으니까요."

노형진은 용산에 가서 직접 현금으로 카메라를 사 가지고 와서 여기저기 내부에 달아 놨다.

당연히 무선으로 송출되는 카메라인지라 그 모습은 좀 떨어진 외장 하드에 잘 저장되고 있었다.

"그나저나 아무도 없는데 의심을 안 하다니 의외군요."

"야근은 안 하는 건 알 테고, 숙직실을 확인해 봤으니 당연히 믿겠지요."

"숙직실이라…… 거참…… 노 변호사님 그쪽까지 생각하실 줄은 몰랐습니다."

"하하하."

노형진은 숙직실에 이미 몇 개의 마네킹을 가져다 둔 상태였다.

그걸 적당히 꾸미고 이불을 덮어 뒀으니 그들의 눈에는 영락

없이 이불을 뒤집어쓰고 잠을 자는 사람으로 보였을 것이다.

"야근 때문에 고소가 들어갔다고 믿고 있으니 야근자가 없어도 의심을 안 할 테구요."

"그렇겠지요."

사람이 없는데 경비원들이 그렇게 열심히 할 리 없다.

더군다나 여기 경비원들은 대부분 나이를 많이 먹은 모습을 하고 있었다. 그래야 저들의 의심을 피하면서 자는 척할 수 있기 때문이다.

"그런데 저들이 가지고 가는 게 좀 양이 작네요."

이 정도의 건물을 태우기 위해서는 적지 않은 준비가 필요하다.

요즘은 화재 예방이 잘되어 있는 곳이 많아서 전처럼 한두 군데를 태우는 것으로는 불이 확 번지지 않기 때문이다.

그런데 저들이 가지고 가는 재료의 양은 그다지 많지 않았다.

"아마도 백린이거나 그와 비슷한 인화성 물질인가 봅니다."

"흠…… 기름 같은 게 아니고요?"

"기름 같은 건 아무래도 충분한 양을 가지고 가기에는 워낙 용량이 크니까요."

"그렇기는 하겠네요."

여기저기에 뭔가를 설치하는 사람들.

그들은 앞으로 벌어질 일에 대해서 전혀 알지 못한 채 장비들을 설치하고 있었다.

"어떻게 보십니까?"

"아마도 저 장비 대부분은 잘 타는 재질로 되어 있을 겁니다. 그러니까 이번에 화재가 발생하면 모든 증거가 날아가겠지요."

"네."

노형진은 그들이 이 연구소를 노리고 있다는 사실을 알아차리고는 함정을 파기로 했다.

어차피 날려 버릴 곳이라면 효율적으로 써야 하니까.

"선물은 잘 준비되었나요?"

"그럼요."

고문학은 이빨을 드러내며 웃었다.

노형진도 카메라에 나오는 사람들을 보면서 씩 웃었다.

"부디 선물이 마음에 들어야 할 텐데요, 하하하."

⚖️

"쉿, 조용."

그들은 검은 복면을 쓰고 있었다. 그리고 손에는 찰랑거리는 기름통을 들고 있었다.

"빨리 부어, 어서."

그들은 여기저기에 무언가를 부으면서 방화를 준비하고 있었다.

아무리 완벽을 기한다 해도 사람이 하는 일인 이상 화재 요인을 완벽하게 제거할 수는 없다.

더군다나 이제 이사한 지 얼마 안 된 곳이다 보니 여기저기 어수선했다.

"다급하기는 했나 보네."

제대로 정리되지도 않은 곳을 보면서 대장은 씩 웃었다. 그리고 여기저기에 불을 놓기 시작했다.

"좋아, 가자."

"그나저나 문제가 되지 않을까요?"

"문제 될 게 뭐가 있어?"

물론 여기 당직실에는 몇몇 직원들이 자는 것이 확인되었다.

이불을 머리끝까지 뒤집어쓰고 꿈나라를 헤매고 있으니 만일 불이 나면 죽음을 피하지 못할 수도 있다.

'뭐, 이런 일을 하다 보면 그럴 수도 있는 거지.'

그렇다고 그들을 깨워서 대피시킬 수는 없는 일이다.

'운 좋으면 화재경보기가 울리겠지.'

대장은 그렇게 생각하면서 다급하게 건물을 빠져나왔다.

그의 뒤에서는 점점 불이 커지기 시작했다.

노형진은 그걸 보면서 씩 웃었다.

"녹화는 되고 있죠?"

"깔끔하게요."

"사람들은?"

"다 대피했습니다."

"사체들은?"

"적절하게 배치했지요."

노형진은 고개를 끄덕거렸다.

"자, 그러면 시작해 봅시다."

노형진은 카메라에서 눈을 떼지 않았다. 그리고 방화범들이 나오기를 기다렸다.

노형진의 예상대로 그들은 나오자마자 죽어라 달리기 시작했다.

"성공이다."

이대로 이곳은 불타올라 재가 될 거라 생각한 대장은 거리가 좀 되었다 싶자 고개를 돌렸다. 그 순간.

쾅!

"으악!"

엄청난 충격이 땅을 흔들기 시작했다.

하지만 충격은 그걸로 끝이 아니었다.

쾅! 쾅!

"뭐야!"

그들은 충격에 비틀거리다가 힘들게 일어나서 자신들이 떠나온 방향을 바라보았다.

"이럴 수가……."

분명 자신들은 불을 질렀다. 그건 인정한다.

그런데 건물이 마치 폭발이 일어난 듯이 터져 나가더니 천천히 무너지고 있었다.

"이런 미친! 이 새끼들…… 여기서 뭘 연구한 거야?"

그들의 눈빛이 왠지 모를 두려움에 떨리기 시작했다.

다음 날 대한민국은 발칵 뒤집혔다.

난데없이 일어난 폭발 사고로 인해서 나라가 발칵 뒤집힌 것이다.

"이번 사건에 대해서 저희 대룡에서는 철저한 진상 조사를 하고 있습니다."

"그곳에서 사용하던 물질이 위험 물질입니까?"

"아닙니다. 그곳에서 사용하던 물질은 위험 물질이 아니라 자동분사 방향제에 흔하게 들어가는 물질로, 안전성 테스트를 위해서 다량 구비하기는 했지만 폭발성이나 발화성이 있는 건 아닙니다. 해당 물질에 대한 검사는 조만간 할 예정인 만큼 자세한 정보는 곧 공개하도록 하겠습니다."

대룡에서 하는 기자회견을 보면서 김일성은 호탕하게 웃었다.

"크하하! 잘했어, 아주 잘했어. 그냥 속이 확 풀리네."

"하지만 이번 사건은 예상한 것보다 더 커졌습니다."

"더 커지면 어때? 어차피 다 정리된 거 아냐?"

"하지만 대룡에서 다시 하려고 할지도 모릅니다."

"하고 싶으면 하라고 해. 우리가 그거 무서워할 것 같아? 그리고 설사 한다고 해도 다시 날려 버리면 그만이야."

"하지만……."

이 비서는 영 찝찝한 기분이었다.

'어째서……'

분명 불만 질러 관련 자료를 태우고 연구 기자재들을 망가트리라고 했지, 아예 건물을 통째로 날려 버리라는 말은 하지 않았다.

그러니 건물이 통째로 날아간 것은 전혀 생각하지 못한 일이었다.

"잘했어! 하하하! 아주 잘했어!"

하지만 김일성은 그저 기분 좋게 웃을 뿐이었기에, 이 비서는 차마 이상하다는 말을 할 수가 없었다.

⚖

"주가가 많이 떨어졌네요."

"뭐, 공식적으로는 심각한 타격이라고들 생각하니까."

유민택은 웃고 있었다.

일반적인 경우라면 아무리 사전에 계획한 일이라고 해도 돈이 날아간 이상 상당히 쓸쓸해해야 정상인데 싱글싱글 웃으면서 방송에 나오는 자기네 회사 대변인을 바라보고 있었다.

"제가 모르는 뭔가가 있나 보군요."

노형진은 그런 유민택의 얼굴을 보고 직감적으로 뭔가 있다는 걸 알아차렸다.

"그렇게 티가 나나?"

"네."

"하긴, 자네랑 있으면 속내가 왠지 편하게 드러나 버린단 말이지. 다 걸릴 것 같아서 그런가?"

노형진은 순간 뜨끔했다.

설마 자신의 사이코메트리 능력을 아나 싶었던 것이다.

"그럴 리가요."

"뭐, 자네가 워낙 유능해서 말이지, 후후후. 그래, 거짓말은 안 하겠네. 다른 게 좀 있지."

"도대체 뭐가 있는 겁니까?"

당장 대룡의 주식은 왕창 떨어지고 있다. 타격이 큰 건 아니지만 그래도 좋은 일은 아니다.

그런데도 웃고 있다니.

"이번에 지배권 강화를 위해서 시중에 풀린 주식을 좀 사기로 했네. 아무래도 성화와 싸우기 위해서는 지배권을 강화해야 하니까."

"지금이 싸니까 기회라 이거군요."

"그렇지."

싼 가격에 나온 주식들을 사면 그만큼 이득이다. 그 부분은 이해가 간다.

하지만 단순히 그것만 가지고 웃는다? 노형진은 이해가 가지 않았다.

"그거 말고 또 있는 것 같은데요?"

"하하하…… 사실은 말일세, 작업 들어가기 전에 보험을 들어 놨거든."

"보험요?"

"그래. 해외 보험사들에 제법 큰 보험을 들어 놨지. 총 보험금이 1조쯤 될 걸세."

"쿨럭."

노형진은 자신도 모르게 기침했다.

1조면 적은 돈이 아니다. 그런데 그 돈을 보험을 들어 놨다니?

"잠깐…… 애초에 저 건물들 사는 데 들어간 돈이 1조가 안 되지 않습니까?"

"그렇지. 하지만 저기 있는 수많은 장비들과 실험 기록들이 다 날아가지 않았나. 공식적으로는 말이야."

"허……."

공식적으로는 그 모든 기록이 날아갔다. 그런 만큼 그 보험료를 받을 수 있는 것이다.

"그럼 저 땅을 날로 먹은 셈이 되는군요."

"후후후."

1조도 안 주고 산 땅과 건물들이다. 그런데 보험이 들어 있으니 당연히 배상금이 나올 것이다.

"아니, 안 주면 어쩌려고요?"

"테러 아닌가, 테러. 하하하."

"끄응……."

확실히 그렇다.

단순 화재로 인해서 일어난 사고도 아니고 테러로 인해서 벌어진 사고인데 보험사에서 보험료를 안 줄 수는 없다. 당연히 그 보험료는 나온다.

물론 약간의 조정은 이루어질 수 있겠지만, 그래도 최소한 8천억은 나온다.

"그리고 덕분에 철거 비용을 아꼈지."

"거참……."

노형진은 유민택의 말에 혀를 내둘렀다.

'만만한 사람은 아니야.'

확실히 자신이 그 자동분사 방향제를 막기 위해서 준비한 것을 제안하기는 했다.

그런데 아무리 부술 예정이라고 하지만 위험한 행동을 순순히 허가한다 싶었더니, 자기도 모르게 그런 행동을 준비하고 있었다니.

이것이 법이다

"지금이야 떨어진다지만 과연 그게 얼마나 가겠나."

"그렇겠네요."

어차피 땅은 그대로고 들어간 돈은 그다지 많지 않다. 많아 봐야 10억 정도 들었을 것이다.

하지만 1조에 가까운 보상금이 나온다고 하면 대룡의 주가는 엄청나게 올라갈 게 뻔했다.

'누군지 모르지만 불쌍하군.'

패닉에 빠졌을 해외 보험사를 생각한 노형진은 혀를 끌끌 찼다.

더군다나 철거 비용까지 아낀 셈이다.

"그리고 이미 협상 팀을 준비해 뒀다네."

"협상 팀?"

"그래도 대한민국 최초의 테러로 인해서 건물을 잃어버린 기업인데 정부에서 세금 혜택 정도는 줘야 하지 않겠는가."

"그냥 넘어가는 법이 없군요."

"난 사업가일세."

보험료에 철거비를 아끼고 세금 혜택까지 노리는 유민택은 확실히 사업가이기는 했다.

"자네는 뭐, 준비 다 된 건가?"

"다 되었지요. 이제 피바람만 불면 됩니다, 후후후."

그가 돈을 벌면 노형진도 좋다. 어차피 그들과 노형진은 동반자이니까.

"얼마 후면 아마 대한민국이 발칵 뒤집힐 겁니다."

⚖️

"이번 사건과 관련하여 블랙박스를 회수하여 재생한 결과, 이번 사건은 사고가 아니었음이 드러났습니다."

"사고가 아니었다고요?"

"네. 해당 감시 카메라 대부분이 폭발의 충격으로 날아가서 일부 장면만을 확인할 수 있었지만, 이번 사건은 테러임이 분명합니다."

"테러?"

"잠깐, 테러라고요?"

"그렇습니다."

기자들이 당황하는 사이 노형진은 미리 준비한 동영상을 플레이시켰다.

"저건?"

"그 당시 저장 장치에 남아 있는 영상입니다. 나머지 부분은 소실되어서 복구할 수가 없었습니다."

노형진의 설명과 더불어서 움직이는 사람들.

그들은 하나같이 검은 복면에 검은 옷을 입고 기름통을 들고 사방에 무언가를 뿌려 대고 있었다.

"진짜네?"

기자들은 등골이 오싹했다.

더군다나 더욱 충격적인 것은 그들의 말이었다.

─빨리…… 움직…….

─어서…….

─끝났……. 나가.

충격 때문인지 화질도 나쁘고 소리도 끊어졌지만 한 가지
는 확실하게 알 수 있었다.

그들은 명백하게 한국인이었다.

"기업을 대상으로 한 초유의 사태에 저희 대룡은 당혹감을
감출 수가 없습니다……. 에, 그리고……."

"누군지 아십니까!"

"테러범의 성명서는 발표가 되었습니까!"

갑자기 난리를 치는 기자들.

그들은 잔뜩 흥분했다.

지금까지 한국은 테러 안전국이라고 생각되고 있었다. 그
런데 테러 안전국이라 불리는 이곳이 테러를, 그것도 한국인
에 의해서 테러를 당한 것이다.

단순 화재 같은 게 아니라 건물이 무너질 정도의 폭탄 테
러를 말이다.

'그런 게 있겠냐?'

애초에 폭탄 테러를 일으킨 것은 노형진이었다.

정확하게는 폭탄 테러가 아니라 건물 폭파 공법을 이용하여 주요 지점에 폭발물을 설치해서 무너트린 것이다.

어차피 무너질 건물이니까 아까운 건 없었다.

물론 대룡에서 보험 들어 놨던 건 몰랐지만 말이다.

"조사 중입니다. 아직 발표가 안 끝났습니다. 해당 연구소에 있던 물질에 대해서도 발표해야 합니다."

"물질? 아, 전에 말한 그거?"

"네, 해당 물질은 보안동에 보관되었고 다행히 이번 충격으로 외부에 새어 나간 것은 그다지 많지 않습니다. 테러범들이 보안동에 들어가지 못한 듯합니다."

들어갈 이유가 없다.

그들의 입장에서는 불을 지르기 위해서 바쁜데 보안을 뚫고 가는 위험부담까지 감수할 수는 없었으니까.

"그러면 된 거 아닙니까?"

"된 게 아닙니다. 그곳에서 다른 사고가 있었습니다."

"다른 사고?"

"네. 해당 물질을 테스트하기 위해서 그곳에 보관했는데, 그 옆에는 실험용 동물들을 보관하는 우리가 있었습니다."

"다 죽었나요?"

"네."

사실 그 정도 충격이면 아무리 건물 지하라고 해도 동물이 살아남을 수는 없다.

하지만 노형진은 그걸 말하기 위해서 이야기를 꺼낸 게 아니었다.

"다행히 보안동은 멀쩡했습니다만 그 사고의 충격으로 해당 물질이 내부로는 다량 새어 나왔습니다. 그리고 그 물질로 인해서 동물들이 죽었다고 보입니다."

"그 물질로 인해서 말입니까?"

"현재 해부 결과로는, 해당 물질로 인해서 급성 폐섬유화가 진행된 것으로 보입니다."

"그런가요?"

다들 그저 무심하게 넘어갔다.

그게 중요한 게 아니라 당장 한국에 테러가 일어났다는 것이 중요했기 때문이다.

물론 노형진이 그렇게 사건이 무마되게 둘 리 없었다.

"잠깐만요. 한 가지만 여쭙겠습니다. 그 물질이 지난번에 말씀하신 그 물질인가요?"

"그렇습니다만."

여기자 한 명이 일어나서 질문을 던졌다.

유소미였다. 그녀가 마치 기자인 척 스윽 끼어들어 있었던 것이다.

"제가 화학과를 나와서 그 물질에 대해서 알고 있습니다만, 그거 공산품 맞죠?"

"맞습니다."

"그거 자동분사 방향제에 들어가는 물질 아닙니까?"

그녀의 질문에 무슨 소리인가 하던 사람들은 자동분사 방향제라는 말에 움찔했다.

"그게 무슨 말입니까?"

이번 질문은 노형진이 아니라 유소미에게로 향했다.

물론 유소미는 이런 질문이 나올 거라 예상했고 그래서 충분한 대답을 공부한 상태였다.

"폐의 급속한 섬유화로 인해서 사망했다고 하면 그건 결국 공기 중으로 흡입했다는 건데, 흡입해서 그런 현상이 벌어진다면 독극물이잖아요?"

"그렇지요."

"그런데 그거, 한국에서 자동분사 방향제 만들 때 쓰는 걸로 알고 있거든요? 그럼 자동분사 방향제를 뿌린다는 게 실질적으로는 공기 중에 독극물을 뿌린다는 말밖에 더 됩니까?"

"어?"

기자들은 뭐가 문제인지 알아차렸다.

짐승이 그 물질로 인해 폐섬유화가 일어났다면, 인간도 일어날 수 있다는 소리였기 때문이다.

"그건 잘 모르겠습니다. 아직 실험 중이고…… 다른 결과는 도출된 게…….'"

노형진은 마치 당황한 듯 말을 돌리려고 했다.

하지만 그런 것에 넘어갈 기자들이 아니다. 아니, 그렇게 느껴야만 했다.

"그러면 그 연구소에서 실험하던 것은 뭡니까?"

"네?"

"뭘 준비하고 있으니까 거기서 실험하고 안전도 테스트를 위해서 동물까지 들여온 거 아닙니까? 뭘 실험하던 겁니까?"

"그건 저도 잘……."

"혹시 자동분사 방향제 아닙니까?"

유소미의 날카로운 질문.

노형진은 짐짓 당황한 듯 재빨리 종이를 챙겼다.

"크흠…… 이번 인터뷰는 여기까지 하겠습니다."

"잠깐만요!"

"한마디만 해 주세요!"

하지만 노형진은 뒤도 안 돌아보고 후다닥 그곳을 뛰어나 왔다.

⚖

"난리 났네, 난리 났어."

두 부류로 나뉘어 수북하게 쌓여 있는 신문들.

그것들의 차이는 하나뿐이었다.

테러가 1면이냐, 아니면 자동분사 방향제 사태가 1면이냐.

"반응은 어떻습니까?"

"반응 말인가? 뭐, 우리한테 뭐라고 하겠나?"

애초에 대룡은 생산한 것도 아니고 생산을 위해서 실험을 시도한 것뿐이다.

그나마도 정체를 알 수 없는 폭탄 테러범의 테러로 실패했고 말이다.

"하지만 다른 기업들은 난리가 났지."

해당 물질에 대한 전면적인 재조사를 한다는 보고가 나오자 갑자기 모든 자동분사 방향제들이 황급하게 회수되었고 뭔가 이상하다는 걸 느낀 사회단체들은 난리 법석을 떨기 시작했다.

"몇몇 실험실에서 이미 실험을 시작했다네. 아마 조만간 확실한 결론이 나겠지."

'결론이야 뻔한데.'

그건 미래에 이미 나왔던 결론이다.

더군다나 이번에는 그걸 감출 수도 없는 상황이다. 테러라는 거대한 사건과 연관되어 있기 때문이다.

"일이 이런 식으로 진행될 거라고는 생각도 못 했습니다."

조준혁은 얼떨떨한 시선으로 뉴스를 바라보았다.

자신이 알리고자 했던 진실이 순식간에 대한민국을 뒤덮고 있었으니까.

"결국은 공포죠."

"공포?"

"네. 사람들은 뭔가 두려워야 반응합니다. 테러를 두려워하듯이요."

"그렇지. 더군다나 이번 사건은 사실상 테러 이상이네."

"그렇게 볼 수도 있습니다."

만일 해당 물질이 폐섬유화를 일으키는 게 맞는다면 이게 진짜로 테러이고, 그게 터졌다면 근방 몇 킬로미터 안에 실질적으로 화학탄이 터진 꼴이 된다.

그러면 얼마나 많은 사람들이 다쳤겠는가?

"그래서 그렇게 빠르게 움직이는 거군요."

"그렇습니다."

자신들이 화학 테러에나 사용될 만한 걸 팔았다는 사실이 드러나면 돌이킬 수 없기 때문에 기업들은 황급하게 그걸 회수한 것이다.

"문제는 성화일 겁니다. 이 자동분사 방향제 시장에서 압도적인 우위를 가지고 있었거든요. 아무리 회수한다고 해도 흔하게 구할 수 있습니다."

회수해서 실험을 못 하게 하려고 하는 것이 목적인데 성화의 경우는 그게 안 된다.

사방에 너무 많이 깔려서 회수 자체에 한계가 있는 데다가 가정에 있는 것까지 회수할 수는 없기 때문이다.

"결국 이들 중에서 가장 집중적으로 두들겨 맞게 되는 것도 성화일 겁니다, 하하하."

노형진은 신나게 웃었다.

성화는 아마 이번 사건으로 심각한 타격을 입게 될 것이다.

물론 대한민국의 법률상 배상금을 조금 뿌리면 끝날 일이
기는 하다.

"하지만 불매운동이 벌어지겠지."

그리고 대룡과 성화는 싸우는 중이니 불매운동이 벌어지
면 그 반사이익은 대룡이 가지고 간다.

"이번 일은 아주 기분 좋은 건이었네, 후후후."

웃으면서 일어나는 유민택.

"어디 가십니까?"

"회장단 회의에 가네."

"회장단 회의?"

"아무래도 사태가 사태인 만큼 회장들이 모여야 하지 않겠나."

"그런데 거기는 왜 가십니까?"

"뭐, 공식적으로는 나도 피해자니까."

유민택은 씩 웃었다.

"도대체 왜 공격받은 겁니까?"

"모르겠습니다."

유민택은 아까 전 노형진 앞에서와 다르게 침통하고 절망적인 표정이었다.

"이번 사건으로 피해가 엄청납니다. 해당 건물은 무너졌고, 주변에 다른 건물들도 충격으로 인한 2차 안전 문제로 철거해야 할지도 모른답니다."

"끄응……."

대한민국에서 부동산은 부의 척도다.

대기업들은 부동산을 가지고 있는 걸 무척이나 자랑스러워한다. 그런데 그런 건물이 한 채도 아니고 수십 채가 날아가게 생긴 것이다.

"범인이 누군지 알 수 있겠습니까?"

"관련 자료를 넘기기는 했지만…… 경찰도 단편적인 기록만 가지고는 추적하는 데 한계가 있다고……. 그나마 다행인 건 목소리로 추적해 보겠다는 건데……."

"목소리? 허……."

사람을 목소리로 추적할 수 있으면 얼마나 좋겠는가?

하지만 아직 전 세계 어디에도 그게 가능한 나라가 없다.

"경찰의 말로는 극단적 환경 단체 중 한 곳이라 생각하고 있답니다."

"극단적 환경 단체라……. 그런 게 있습니까?"

"모르지요. 대한민국이 테러 안전국이라는 것도 허상임이 이번에 드러나지 않았습니까?"

"끄응……."

당장 그렇게 되면 다른 기업들도 보안에 각별히 신경을 써야 한다.

그 표적이 대룡만 돼라는 법은 없으니까.

"도대체 누가 대룡을 표적 삼아서 공격한 겁니까?"

누군가 한 말.

그런데 사람들의 시선은 자연스럽게 한쪽으로 쏠렸다.

"제가 그럴 리가 있습니까?"

"음……."

하지만 회장단 누구도 말하지 않았다.

그럴 수밖에 없는 게, 회장이란 어느 순간 부여되는 자리가 아니다. 수십 년 동안 일한 끝에 올라온 자리다.

그리고 그들은 성화의 김일성 회장의 성향을 알고 있었다. 다만 증거가 없을 뿐.

"억울합니다. 이번 사건으로 인해서 우리 성화가 얼마나 고통받는지 아시잖습니까?"

"그건 그렇지요. 그러니 성화는 아닐 거라 생각합니다."

"그렇겠지요."

피해자인 대룡의 유민택 회장이 측은한 시선으로 성화의 회장인 김일성 회장을 바라보자 다들 고개를 끄덕거렸다.

피해자가 아닐 거라 하는데 자신들이 공격할 이유는 없기 때문이다.

'쌰앙…….'

하지만 김일성 회장은 이를 박박 갈 수밖에 없었다.

지금이야 물러난다고 해도 그들 안에서 생긴 의심의 씨앗을 없애지는 못했기 때문이다.

'젠장…….'

이렇게 되면 대룡과 싸울 때 도움받는 것은 무리다.

"아무래도 이번 일은 확실하게 처리해야겠습니다."

"추적을 하는 데까지 해 봐야지요."

회장단은 이야기하면서 열심히 따져 봤지만 결국 아무것도 할 수가 없었다.

경찰도 찾지 못하는 것을 어떻게 찾는단 말인가?

그나마 이야기한 것이 해당 물질을 퇴출시키자는 것이 다였다.

물론 그로 인한 가장 큰 피해자는 성화일 것이다.

"힘내십시오."

"감사합니다."

회장단 회의가 끝나고 난 후 다른 회장들의 인사를 받는 유민택을 바라보던 김일성은 말도 하지 않고 차로 돌아왔다. 그리고 운전하라고 손을 까딱거렸다.

차가 천천히 움직이기 시작하자 그는 바로 전화기를 꺼내 들었다.

"이 비서, 나다."

―네, 회장님.

"그놈들 처리해."

―네?

"제대로 일해야 할 거 아냐, 앙? 지금 일이 얼마나 커졌는지 알아? 한계를 몰라, 한계를! 적당히 멈췄어야지!"

명시적으로 이야기하지 않았지만 김일성이 말하는 사람이 누구인지 모를 리 없는 이 비서는 속이 시커멓게 타들어 갔다.

'전에는 잘했다면서…….'

물론 폭탄까지 쓸 줄은 그도 몰랐다.

그 녀석들은 아니라고 극구 부인하지만 증거도 그렇고 상황도 그렇고, 폭탄 말고는 그 건물이 그렇게 무너질 이유가 없다.

"내 말 알아들어?"

―네, 회장님. 바로 처리하겠습니다.

그들은 사고를 치고 바로 해외로 떠나 있다. 지금쯤 동남아에서 몸을 피하고 있을 것이다.

'처리는 어려운 게 아닌데…….'

동남아는 치안이 좋지 않은 곳이다. 적당한 돈만 쥐여 주면 그들을 처분하는 것은 어렵지 않다.

문제는 자신이다.

자신에게 맡겨진 일이 틀어졌으니 김일성 회장이 어떻게 나올지 뻔하기 때문이다.

"하아."

그나마 다행인 건 자신이 아니면 이런 일을 처리할 사람이 없어서 죽이거나 하지는 않을 거라는 것이다.

"차라리…… 그만두고 싶다."

하지만 그러기에는 이미 너무 깊숙이 들어온 처지였기 때문에 이 비서는 한숨만 쉴 수밖에 없었다.

그리고 그 시각, 김일성은 아까 전 유민택에게서 느꼈던 그 눈빛을 생각하고는 이를 뿌드득 소리가 나게 갈고 있었다.

측은함과 통쾌함 그리고 경멸이 함께 들어 있는 유민택의 그 눈빛.

"개새끼…… 언젠가 죽여 버리겠어."

김일성은 그렇게 맹세하고 있었다.

인심 같은 소리 하고 자빠졌네

가을은 추수의 계절이다.

1년 내내 농사를 지어서, 그 결실인 곡식을 거둬들이는 계절.

물론 요즘은 시대가 좋아지고 기술이 발달하면서 사시사철 원하는 것을 먹을 수 있는 시대가 되었다고 하지만, 가을이라는 것은 여러모로 상징성을 가지고 있을 수밖에 없다.

"형진아."

"네?"

노형진은 아버지가 살고 있는 시골로 휴식을 취할 겸 내려와 있었다. 여름 내내 열심히 뛰었으니 늦게나마라도 휴가를 즐기고 싶었던 것이다.

그런데 그런 노형진을 붙잡고 심각한 얼굴을 하는 아버지

를 보면서 노형진은 왠지 쉬기는 글렀다는 느낌을 강하게 받
아야 했다.

"네가 좀 도와줄 수 있느냐?"

아니나 다를까, 아버지의 말에 노형진은 벌떡 일어나서 자
리를 잡았다.

"무슨 일인데요?"

"내 일은 아니고 다른 사람들 문제다."

"다른 사람들?"

"그래."

"무슨 일인데요?"

"도둑놈 때문에 죽을 맛이야."

"그거야 잡으면 그만 아닙니까? 못 잡아서 그래요? 저라
고 해도 도둑을 잡는 능력은 없는데요."

"못 잡는 건 아니다. 하지만 워낙 규모가 커서 문제야."

"규모가 커서 문제라고요?"

"그래."

그건 경찰이 알아서 할 일이지, 자신이 나설 것은 아니지
않은가?

더군다나 그런 대규모 절도단이면 경찰의 입장에서는 실
질적으로 무척이나 좋아할 건수인데 말이다.

"경찰이 처벌을 못 하겠단다. 적당히 합의하라고만 하더
구나."

그 말에 노형진의 얼굴이 딱딱해졌다.

도대체 얼마나 강력한 세력이기에 경찰이 처벌을 안 한다고 한단 말인가?

"그 녀석들이 누군데요?"

"보통 부녀회나 산악회지."

"네?"

무슨 범죄 조직이나 정치권 조직 같은 걸 생각하던 노형진은 귀를 의심했다.

거대 단체도 아니고, 부녀회나 산악회?

"부녀회요?"

"그래."

"아니, 부녀회가 왜?"

"요즘이 포도 철이잖니."

"그건 그렇지요."

이제 여름이 지나고 슬슬 선선해지는 가을에 들어서니 잘 익은 포도를 수확할 시기다.

"그런데 가을이 되면 또 부녀회니 산악회니 그런 곳에서 많이 놀러 다니거든."

"그런데요?"

"그런데 이런 사람들이 대책이 없다는 거지."

"대책이 없다는 게 무슨 말씀이시진지?"

"서리."

"서리? 아아아…… 서리…….."

서리란 한국에서 말하는 일종의 장난과 비슷한 도둑질을 이야기한다.

과거 한국이 못살던 시절에, 가난한 아이들이 과일 한두 개 정도 훔쳐 먹던 것을 서리라고 한다.

"그런데 뭐가 문제죠?"

"동네 사람들 중 몇몇이 포도 농사를 짓는데 그 부녀회니 산악회니 하는 인간들이 와서 서리랍시고 싹 쓸어 간다고 하더구나."

"네에?"

노형진은 이게 무슨 소리인가 하고 자세하게 듣길 원했다.

노형진의 아버지인 노문성은 지금 벌어지는 일을 설명하기 시작했다.

"이쪽 동네가 좀 조용하기는 한데, 그렇다 보니 가을에 놀러 오기에는 좋거든."

문제는 그렇게 단풍놀이 하러 온다고 오는 인간들이 그냥 지나가는 게 아니라 지나가면서 밭 같은 곳에서 서리를 한답시고 조금씩 뜯어 간다는 것이다.

"자기들은 서리라고 뭘 그런 걸 가지고 그러느냐고 그러는데, 당하는 입장에서는 그게 아니지."

당장 보통 부녀회가 움직인다고 생각하면 적게는 스무 명, 산악회 같은 경우는 이백 명 단위로 움직일 때도 있다.

그런데 그런 사람들이 지나가면서 조금씩 뜯어 간다고 모조리 뜯어 가면, 농사를 지은 농부의 입장에서는 돌아 버리는 것이다.

"지금 포도 가격을 알지 않니."

"알죠."

지금 열 송이가 들어가는 한 상자가 3만 원이다.

그런데 이백 명 단위 산악회 하나가 지나가면 한 송이씩만 해도 이백 송이. 그러면 60만 원을 손해 보는 셈이다.

"더군다나 그들만 움직이는 게 아니지."

"끄응, 대충 알겠네요. 경찰에 신고했더니 적반하장으로 나온다는 거죠?"

"그래. 그래서 그쪽에서 아주 돌아 버릴 것 같은 표정이더구나."

"흠……."

그들의 논리는 간단하다.

많이 훔친 것도 아니고 고작 한 개, 많아야 두 개 정도 훔친 것에 지나지 않는다. 고소는 너무하다는 것이다.

"시골이 인심을 잃었다고 아주 욕을 하고 다니더구나."

"인심요?"

노형진은 피식 웃었다.

인심이란 주인이 손님이나 주변에 베푸는 것을 뜻하지, 도둑이 도둑질한 것을 걸린 후에 요구하는 것이 아니다.

그때는 인심이 아니라 자비를 구걸해야 한다.

"더군다나 그 사람들이 그것만 뜯어 가는 것도 아니니……."

"아니라고요?"

"그 사람들이 익은 거 덜 익은 거 구분할 줄 알겠니?"

그럴 리 없다. 그들은 그냥 들어가서 적당히 맛있어 보이면 뜯어서 입에 넣는다.

문제는 그게 맛이 없는, 안 익은 과일일 수도 있다는 것.

그럼 그걸 버리고 다른 걸 뜯는다.

자기 입장에서야 결국 한 개일지 모르지만, 버려진 과일은 시간이 지나서 잘 익으면 상품으로 내보낼 수 있었음을 생각하면 결국 그것도 손해다.

"그런데 경찰에서는 왜 처벌을 못 한대요?"

"아무래도 사건 자체가 너무 작다 이거지."

"흠……."

하긴, 절도라고 하기는 하지만 기껏해야 포도 한 송이 정도이다. 그런 상황에서 애써 고소해 봐야 100% 훈방으로 나올 테고, 경찰 일만 많아질 게 뻔했다.

"그래서 근절이 안 된단다."

스스로 합리화도 심하고 처벌도 안 당하니 당연히 근절될 리 없다.

"그래서 몇몇은 아예 도로 쪽 밭은 농사도 안 지으려고 한단다."

해 봐야 우르르 몰려와서는 싹 뜯어 가니 속만 터질 것, 무엇 하러 한단 말인가?

"그래서 저한테 부탁하시는 거예요?"

"방법이 있겠니?"

"글쎄요……. 확실히 이런 건 건수가 너무 작아서……."

아무리 다 합치면 좀 많다 해도 개인당 한 송이, 또는 두 송이 정도의 포도다.

그렇다고 범죄 조직으로 묶자니 부녀회나 산악회는 범죄를 목적으로 모인 게 아닌, 어쩌다 보니 범죄에 연루된 셈이라 그것도 불가능하다.

"피해자분들이 많으신가 봐요?"

"많지."

노문성은 씁쓸하게 웃었다.

은퇴해서 여기서 살지만, 그래도 자신도 농사를 짓는다. 물론 크게 하는 건 아니지만.

"우리 텃밭에 들어와서 훔쳐 가는 사람들도 있는걸."

"네? 뭘요?"

"뭐…… 상추 같은 거."

"헐……."

그런 건 도심지에서도 돈 몇천 원이면 살 수 있는 것들이다. 그런데 여기까지 와서 뜯어 간다는 게 노형진은 이해가 가지 않았다.

"그들의 입장에서는 그게 당연하다고 생각하는 모양이더구나."

몇 명을 잡았지만 그들은 시골 인심은 이런 게 아니라면서 도리어 뻣뻣하게 버티거나 경찰을 부르라고 소리를 질렀다는 것이다.

"별거 아니니까 처벌 안 받는 걸 아는군요."

"그러니까 그러는 거지."

산악회나 부녀회에서 그런 짓을 하는 사람들이 몰라서 그러는 게 아니다.

정말 몰라서 그런 사람이라면 경고를 받으면 일단 사과하고 다시는 안 그런다.

그런데 도리어 시골 인심이 어쩌고 하면서 경찰을 부르라는 사람들은 이런 걸 훔쳐도 경찰이 제대로 처벌하지 않는다는 것을 알기 때문에 그런 행동을 계속하는 것이다.

"쩝…… 이건 좀 대책이 없네요."

"없어?"

"법적인 문제를 떠나서, 경찰에서 아예 접수 자체를 안 해 주니까."

물론 엄밀하게 말하면 절도가 맞다. 하지만 경찰의 입장에서는 그걸 다 접수해 주기 시작하면 끝도 없다.

"그리고 아버지도 아시다시피, 이런 건 고소해 봐야 훈방이거든요."

"그…… 뭐냐, 그것도 있잖냐. 법원으로 넘기는 거."

"아, 재정신청요?"

재정신청이란 불기소 처리가 되었으나 피해자가 불복해서 법원에 재판을 신청하는 과정이다.

형사 과정에서 피해자가 유일하게 끼어들 수 있는 부분이기도 하다.

"뭐, 넘어가 봐야 의미가 없어서, 일단 이런 건 아무리 법원이라고 해도 벌금도 안 때려요. 아마 100% 선고유예일 겁니다."

선고유예는 범죄에 대해서 판단하지 않는다는 뜻이다.

그렇게 되면, 몇 년이 지나면 그 사건은 공식적으로 무효가 된다.

"결국 처벌 안 받는 건 똑같지요."

"아니, 왜?"

"대한민국은 개별주의를 택하고 있거든요."

그들이 똑같은 범죄를 똑같은 장소에서 똑같이 저질렀다고 해도 만일 서로의 공모가 없었으면 각각의 범죄로 처벌한다. 그런 만큼 이런 경우는 개개인의 사건이 워낙 작아 제대로 처벌이 안 된다.

"민사 쪽도 안 되겠니?"

"배보다 배꼽이죠."

이건 민사를 해 봐야 잘해야 5만 원이나 나오는 정도의 사건이다.

그런데 변호사인 자신을 고용하지 않는다고 해도, 소송을 위해서 법원에 내야 하는 비용이 그 5만 원을 훨씬 넘어 버리니 배보다 배꼽인 셈이다.

"그래서 우리나라에서 이런 절도가 사실상 근절이 안 되죠."

누구도 처벌을 받지 않는데 근절이 되겠는가?

하지만 농민의 입장에서는 돌아 버릴 일이다.

하루에 편의점에서 삼각김밥을 백 개씩 파는 사람이 있다고 치자. 그런데 쉰 명이 그걸 마구 훔쳐 갔다면 1인당 기껏해야 삼각김밥 한 개, 또는 두 개다.

그걸 가지고 고소한다고 사람들은 욕할지도 모른다.

그런데 당하는 사람은 쉰 개에서 백 개, 아니 포도처럼 그 과정에서 파손되는 것도 있으니 거의 일흔 개 이상의 손실을 봐야 한다는 뜻인데, 그게 무슨 말도 안 되는 소리란 말인가?

"결국 일반적인 방법으로는 안 돼요."

"후우, 확 그냥 전기 울타리를 설치해 버려?"

"그러면 좋겠지만 그런 경우에 농작물 주인에게 책임을 물어요."

"뭐?"

"실제로 판례가 있어요."

농사를 짓다 보면 제일 무서운 대상이 멧돼지다.

그래서 농작물 주인은 그 멧돼지를 쫓아내기 위해서 전기 울타리를 설치했는데, 그걸 모르는 사람이 거기서 기르는 작물을 좀 가지고 간다고 들어갔다가 전기 울타리에 감전되어 죽어 버렸다.

물론 일반적인 경우라면 죽지는 않지만 하필이면 그 사람이 인공 심장을 가지고 있었던 것이다.

"결국 그 농민은 업무상 과실치사로 처벌되었지요."

"아니, 도둑놈이 들어간 거잖아?"

"그래도 상관없어요, 우리나라는."

애초에 정당방위를 인정하지 않는데 그런 걸 인정해 줄 리 없다.

"결과적으로 현실은 그렇지요."

"그럼 어쩌지?"

아무리 노력해도 저런 도둑을 막지 못한다면 의미가 없을 수밖에 없다.

"경비원을 상시 돌릴 수도 없고."

노형진은 고개를 끄덕거렸다.

농사는 기본적으로 이익이 많이 남는 일이 아니다.

사실 한국에서는 농사지어서 빚만 안 져도 성공한다는 소리가 나온다. 그만큼 돈이 안 되는 게 농사다.

"흠……."

노형진은 고민하다가 문득 뭔가 생각해 냈다.

"그럼…… 다른 방법을 써 보죠."

"다른 방법?"

"네. 돈은 좀 들겠지만."

"그건 좀 그렇지 않니?"

돈이 없어서 지키지 못하는 게 현실이다. 그런데 돈이 들 거라니.

"아, 너무 걱정하지 마세요. 그렇게 큰돈이 드는 건 아니니까."

"얼마 정도?"

"글쎄요······. 한······ 100만 원에서 200만 원 정도? 뭐, 일 반인이 접할 수 있는 부분만 생각한다면야 더 적게 들 수도 있고요."

"흠······."

노문성은 고개를 끄덕거렸다.

그 정도면 어찌 되었건 생각보다 조금 드는 셈이다.

"이번 한 번만 돈을 들이면 아마 이후에는 거의 들어갈 일이 없을 거예요. 뭐, 중간중간 보수하는 데 들어가는 돈은 좀 있겠지만 그건 1년에 10만 원 미만일 테구요."

"그럴까?"

"네."

"그럼 그렇게 하자꾸나. 내일 가서 사람들을 좀 모아 오마."

"그러세요. 아, 맞다. 인건비를 빼면 비용이 더 줄어드니까 그것도 생각해 보시구요. 아마 품앗이해서 하면 100만 원

아래로도 가능할걸요."

노문성은 고개를 끄덕거렸다.

⚖️

"반갑습니다."

"아이고, 노 변호사, 오랜만이네."

노형진은 이 마을에서 유명 인사였다.

전에 트럭 사고를 해결한 것도 있고, 몇 번이나 마을을 도와줬기 때문이다.

사실 노문성이 내려올 때 텃세를 걱정하기는 했지만 노형진이 그렇게 나서서 마을을 도와주자 사람들은 노문성에게 차마 텃세를 부릴 수가 없었다.

"어르신도 안녕하시죠?"

"안녕하기는, 어제도 또 어떤 아줌마랑 싸웠어."

"왜요?"

"왜는 무슨……. 말이 통해야지."

다짜고짜 자신의 밭에 들어와서는 다 익어 가는 과일을 마구 따 갔다는 것이다.

"아니, 내가 어찌 키운 사과인디."

자신이 뭐라고 하자 도리어 사과 두어 개 딴 거 가지고 뭐라 한다고 인심이 어쩌고 하면서 일장 훈계를 하고 갔다고 그는 이를 박박 갈았다.

"아니, 그 아줌마는 혼자도 아니고 열댓이 와서 그런다니까."

"쩝……."

"서리는 무슨."

서리를 모른 척했던 과거는 못 먹고 못살던 시절, 그마저도 못 먹으면 굶어 죽어야 하는 절박함을 알기에 농민들이 그저 못 본 척했던 것이다.

하지만 이제는 그런 시대가 아니다.

자신들은 단순히 재미삼아 한두 개일지 모르지만 농민들의 입장에서는 죽을 맛인 것이다.

"그 망할 연놈들이 사과 따면서 나뭇가지도 뚝뚝 꺾는다니까."

"그래요?"

그건 심각한 문제다.

사과를 따는 데에도 방법이 있다.

최대한 나뭇가지를 건들지 않고 돌려서 꼭지만 따야 한다. 그래야 내년에 사과가 다시 열리기 때문이다.

하지만 그런 사람들은 그걸 모르니 그냥 휙휙 낚아채서 나무를 꺾어 댄다.

그건 단순히 한두 개 따는 게 아니라 몇 년 동안 그 가지에서 열릴 사과를 못 따게 하는, 산업으로 보면 사보타주에 해당되는 행동이다.

"그래서 제가 해결책을 좀 이야기하려고 왔습니다."

이것이 법이다

"해결책?"

"네."

"어떤 해결책?"

"일단 가장 먼저 해야 하는 것은 담을 쌓는 겁니다."

"담?"

"네."

"우리도 그 생각을 안 해 본 건 아니야. 하지만 쪼그만 것도 아니고 농사짓는 넓은 땅인데, 어디 담을 쌓을 수 있겠어?"

농부들은 그 말을 듣자마자 고개를 흔들었다.

자신들도 그런 방법을 생각해 봤지만 이미 그걸 실행하기 위한 돈이 없다는 결론을 내렸다.

하지만 노형진은 생각이 달랐다.

"보통 사람들은 담이라고 하면 상당히 단단한 구조물을 생각하죠. 하지만 꼭 그럴 필요는 없습니다."

"없다고?"

"네. 미국에서 실험한 재미있는 이론이 있습니다. 깨진 유리창 이론이라고 하죠."

"깨진 유리창 이론?"

미국에서는 차량을 가지고 재미있는 실험을 했다.

동일한 차량을 가지고 한 대는 그대로, 한 대는 유리창 한 구석을 살짝 깨서 길거리에 방치했다.

그렇게 일주일 후, 멀쩡한 차량은 별 이상이 없었는데 다른 차량은 오디오부터 바퀴, 심지어 엔진까지 모조리 털려 있었던 것이다.

"거의 근접해서 배치했는데도 그런 일이 벌어진 겁니다."

"그게 우리랑 무슨 관련이 있당가?"

"간단합니다. 지금 그들이 단순 서리라고 할 수 있는 것은 우리가 그걸 관리한다는 느낌을 받지 않기 때문입니다. 하지만 담이 생기면 이야기는 달라집니다. 이 공간은 누군가에게 보호받는 곳이라는 심리적 저항선이 생깁니다."

"심리적 저항선?"

"네. 그건 어쭙잖은 담벼락보다 훨씬 효과가 좋을 겁니다."

아무리 간략한 담이라고 해도 담은 일종의 경계의 의미다. 뭐라도 있으면 사람은 그걸 넘어가는 것을 꺼려 한다.

"하지만 담은 너무 비싼데……."

이미 담을 올릴 시도를 해 본 적 있는 사람들이기 때문에 여전히 걱정하는 눈치였다.

"애초에 심리적 저항선을 만들어 낼 목적이기 때문에 실질적으로 그 사람을 막을 정도의 위력은 필요 없습니다. 그러니까 허술해도 상관없지요."

"허술해도 상관없다?"

"네, 그래서 제가 생각한 것 이겁니다. 마침 집에 좀 있더군요."

노형진은 미리 준비한 철망을 조금 들어서 사람들에게 보여 줬다.

그리고 그걸 본 주민들은 고개를 갸웃했다.

"그거 양계망 아닌가?"

"네, 맞습니다."

사람들이 말하는 양계망은 일반적으로 쓰는 말이고, 정식 명칭은 크림프 철망이다.

가격은 그다지 비싸지 않다.

폭 1미터, 길이 10미터에 대략 3만 원 선.

그런데 양계망이라고 불리는 이유는, 사람은 쉽게 뚫을 수 있지만 닭은 뚫을 수 없기 때문에 양계장을 만들 때 많이 쓰기 때문이다.

"그걸로 어떻게 도둑을 막아? 그거 잡고 대충 몇 번 흔들면 부서지겠구먼."

애초에 사람을 막으려고 만든 철망이 아니다.

그런 만큼 버티는 힘이 약해서, 애가 잡고 흔들어도 부서지는 것이 현실이다.

"그건 상관없습니다. 애초에 이 양계망으로 담을 올리는 이유는 힘이 아닌, 아까 말씀드렸던 심리적 저지선을 이용해서 그들을 막으려는 것이니까요."

"모르겠는디?"

"쉽게 말해서 이겁니다. 이건 실질적으로 사람을 막을 수 있는 철망이 아닙니다. 하지만 이게 있다는 것만으로 사람들은 이걸 뚫고 들어가기를 꺼립니다. 그럴 수밖에 없는 게, 아무리 약한 철망이라지만 보호 장치로서 설치된 것이니 그걸 부순다는 것은 단순한 서리가 아닌 본격적인 도둑질을 뜻하는 게 되거든요."

"아!"

주민들은 바로 이해했다.

"이 정도면 비용은 얼마 들지 않지요."

"그건 그렇지."

양계망 자체는 그다지 비싸지 않다.

중간중간에 기둥을 세워서 고정만 시키면 훌륭하게 경계선이 된다.

"물론 전 마을에 다 할 필요는 없습니다. 관광객들이 지나가는 주요 동선만 하면 됩니다."

"확실히 그러면 100만 원도 안 들겠구먼."

10미터에 3만 원밖에 안 하는 물건이다. 중간중간 고정 장치 역할을 하는 기둥이 더 비싼 물건이다.

"그러고 보니 그런 고정할 만한 건 지천이지 않나?"

"그렇지."

아무래도 농사를 짓는 시골이다 보니 그런 것은 사방에 쌓여 있다.

철거한 비닐하우스의 기둥도 있고, 나무토막도 있다.

"그걸 이용하면 거의 돈을 안 쓰고 할 수도 있습니다."

확인을 안 해 봐서 그렇지, 아마도 이 중에는 과거에 쓰고 남은 양계망을 가진 사람도 있을 것이다.

팔아 봐야 돈도 안 되는 물건이고 나중에 다시 쓸 일이 생길지도 모르니 일단은 가지고 있었던 것이다.

"그럼 바로 시작해야겠구먼."

사람들은 바로 벌떡벌떡 일어났다.

"내 언능 농협에 갔다 옴세."

"그려."

이런 농사에 들어가는 용품은 농협을 통하면 더 싸게 구입할 수 있기 때문에 사람들은 일을 분담해서 움직이기 시작했다.

"과연 그걸로 될까?"

노문성은 그렇게 움직이는 사람들을 보면서 걱정스럽게 중얼거렸다.

"될 겁니다. 그래도 안 되는 사람은 다른 방법이 있지요, 후후후."

다만 그 방법까지는 쓸 일이 없기를 바랄 뿐이었다.

⚖️

"바쁘다, 바빠······."

노형진은 정신없이 일하면서 여기저기 뛰어다녔다.

부모님 댁에 갔다 온 지 시간이 얼마나 지났는지 감도 못 잡을 만큼 바쁘게 살다 보니 정신이 나갈 지경이었다.

"노 변호사님."

"네?"

"부모님한테서 전화가 왔는데요."

"부모님요?"

"네."

노형진은 고개를 갸웃하면서 자신의 핸드폰을 바라보았다.

그러다가 아차 했다. 무려 다섯 번이나 부재중 전화가 와 있었던 것이다.

'이런, 이런…….'

너무 바쁘다 보니 전화를 받지 못한 것이다.

노형진은 고개를 절레절레 흔들면서 부모님한테 전화를 했다.

"아버지, 접니다."

―그래, 잘 지내냐?

"잘 지내죠. 너무 잘 지내서 전화 받을 시간도 없네요, 하하하."

―그런 것 같더구나.

"그나저나 어쩐 일이세요? 그러고 보니 지난번에 그건 잘되셨어요?"

지난번에 설치한 담벼락이 효과를 발휘했느냐고 물어보는 노형진.

그런데 아버지인 노문성의 대답이 왠지 애매했다.

―어느 정도는.

"어느 정도라니요? 효과가 없단 말인가요?"

―아니, 효과는 있었단다. 하지만 어떤 사람들은 그걸 무시하더구나.

"무시한다고요?"

노형진은 고개를 갸웃했다.

아무리 약한 담이라지만 그래도 담이 있는 이상 그걸 넘어가서 도둑질을 하려고 하는 사람은 아무래도 적어질 수밖에 없다.

―설마 했는데 그걸 넘어와서 훔치는 사람도 있더구나.

노형진은 기가 막혔다.

"그걸 넘어가요?"

―그래.

"아니, 왜?"

도무지 이해 못 할 족속들이다.

아무리 약하다고 하지만, 눈앞에 명백하게 벽이 있다. 그런데 그걸 부수고 들어가서 훔친다니.

―그거 때문에 전화했다. 담까지 세웠는데 그러는 인간들이니 이참에 끝을 보겠다는 게 주민들 의견이야. 한두 번도 아니고 말이지.

"한두 번이 아니라고요?"

-그래. 이쪽으로 자주 오는 산악회야. 강남 짠돌이 산악회라고.

"흠……."

-지난번에도 비슷한 문제를 일으킨 녀석들이야.

사실 지난번에는 벽이 없었으니 그렇다고 쳐도 이번에는 명백하게 벽이 있는데 그걸 부수고 들어갔다는 것이다.

"아예 부쉈다고요?"

-정확하게는 기둥을 뽑아냈다고 해야 하나? 그리 강한 기둥은 아니니까.

심리적 저항선으로 만들어 둔 물건이기 때문에 그냥 흙에다가 망치로 몇 번 두들겨서 만들어 둔 기둥이다.

그러니 사람이 달라붙어서 뽑아내는 것은 어려운 일이 아니다.

"끝내주는구먼."

-그런데 네가 와서 좀 도와줘야겠다.

"경찰이 문제군요."

-그렇지.

노형진은 바로 일어났다.

어차피 시간을 끌어 봐야 좋을 것도 없으니까.

"바로 갈게요."

-조심해서 오려무나.

"네."

그는 전화를 끊으면서 바깥으로 나갔다.

그러자 마침 바깥에 있던 송정한이 노형진을 보면서 고개를 갸웃했다.

"어딜 가나?"

"아, 사실은요."

어차피 내려가면 내일은 오지 못하기 때문에 사정을 말하고 아예 휴가를 낼까 생각을 하는 노형진.

그런데 그 말을 들은 송정한의 얼굴에 반가운 기색이 떠올랐다.

"그래? 그러면 누구 한 명 데려가게. 음…… 손예은 변호사가 좋겠구먼. 손 변호사가 며칠간 재판이 없다고 들었는데."

"네? 손 변호사요? 아니, 왜요? 이건 개인적인 사건이고 뭐, 딱히 힘든 사건도 아닌데요?"

"그게 말이야, 그런 사건이 제법 많거든, 요 근래."

"요 근래 이런 사건이 많다고요?"

"그래."

송정한의 말에 따르면 가을에 들어가면서 각 지부에서 이런 사건들이 제법 많이 들어온다고 한다.

정작 경찰은 제대로 처벌도 안 해서, 끝도 없이 농민들이 피해를 보는 상황.

"그렇다고 그걸 자네한테 부탁하자니, 자네가 바쁜 것도 있지만 사건 자체가 워낙 작아서 말이지."

소송비가 있는 것도 아니고 그냥 대책을 물어보는 정도의
사람들이다.

　변호사까지 사서 소송할 정도의 사건은 아니다 보니 다들
와서 대책을 물어보고는 힘없이 돌아간다는 것이다.

　"뭐, 우리가 무슨 법률 조언가는 아니지만 그냥 보기는 그
렇더군."

　"하긴…… 이제 본격적으로 가을이 시작되는 참이니까요."

　여기저기서 산악회니 부녀회니 그렇게 몰려다니는 시점인
만큼 이런 문제가 사방에서 터지는 게 이상한 일은 아닐 것
이다.

　"그럼 같이 가서 해결 좀 해 주게나."

　노형진은 고개를 끄덕거렸다.

　어차피 피해를 막아야 한다면 모든 사람들에게 도움이 되
는 쪽으로 해야 하는 것이 옳다.

　"그러죠, 뭐. 빨리 나오라고 하세요. 바로 갈 테니까."

　송정한은 다급하게 전화를 걸기 시작했다.

⚖️

　"형진아!"

　"아버지!"

　노형진은 경찰서 앞으로 향했고, 그곳에는 이미 노문성과

주민들이 모여 있었다.

"금방 왔구나."

"바로 출발했거든요."

"그래, 잘했다. 그런데 이분은?"

노문성은 노형진의 뒤에 있는 여자를 보고 흠칫했다.

"아, 손예은 변호사라고, 우리 회사 소속 변호사예요. 이번에 절 도와주러 왔습니다."

"그래? 그렇구나."

왠지 아쉬운 눈빛이 되는 노문성.

노형진은 아버지의 마음을 모르는 게 아니기에 피식 웃고 말았지만 지금 중요한 것은 그게 아니었다.

"접수는 하셨어요?"

"아니, 아직."

"네?"

아무리 빨리 출발했다고 해도 여기는 시골이고 자신은 서울에 있었다.

그런데 아직도 접수하지 못했다는 게 노형진은 이해가 가지 않았다.

"아니, 왜요?"

"사건이 사건 같지도 않은데 어떻게 접수합니까?"

그 순간 한 남자가 경찰서에서 나오며 대답했다.

노형진은 그를 보면서 눈을 찌푸렸다. 그의 목에 걸린 명

패로 그가 경찰이라는 걸 알 수 있었기 때문이다.

"이러니까 우리 동네가 욕먹는 겁니다. 거 몇 푼이나 된다고, 들어가서 과일 좀 따 먹었다고 우리 고장에 온 손님을 고소하면 안 되죠."

그는 귀찮다는 듯 말하면서 커피 자판기로 향했다.

"사소한 걸로 귀찮게 하지 마세요, 안 그래도 일이 많은데."

"사소한 거?"

"거 관광객이 먹는 게 얼마나 된다고."

그는 딱 봐도 농사 경험이 없는 듯했다.

애초에 피해 규모가 아무리 작다고 해도 절도는 절도다.

그런데 아예 접수 자체를 안 받아 주려는 건 명백했다. 일하기 싫은 것이다.

'보아하니 좌천이로구먼.'

이런 인간들이 있다.

도시 쪽에서 일을 시키다가 너무 게으르거나 하면 시골 한적한 곳으로 보내 버린다.

경찰은 몸으로 뛰어야 하는데 일하기 싫어서 온몸으로 저항하는 것이다.

"그래요?"

"뭐, 그렇수다."

경찰은 깐죽거리면서 말했고 노형진은 고개를 끄덕거렸다.

"그렇다면 할 수 없죠."

"형진아?"

"여기서 접수를 거부한다면 검찰청으로 가야지."

"검찰청?"

"원래 고소장은 검찰청에 넣어도 됩니다."

정확하게는 수사를 지휘하는 검찰청에 넣는 게 맞는 거다.

하지만 어차피 검찰에 넣어 봐야 경찰에 떨어질 테니 경찰에서 넣는 것일 뿐이다.

"검찰에 간다고 뭐 별수 있어요? 참 내."

마치 당연하다는 듯 히죽거리는 경찰.

"뭐, 별수는 있겠지요. 일단 불법 침입 처벌이 3년 이하, 징역 500만 원 이하 벌금이니까요."

"뭐라고요?"

순간 당황하는 경찰.

그는 기껏해야 포도 몇 송이 훔쳐 먹은 죄로 생각해서 쉽게 생각하고 있었다. 그런데 불법 침입이라니?

"그렇지 않습니까? 명백하게 벽을 쳐서 경계를 그어 둔 상태인 데다 그 안은 현행법상 주인의 관리하에 있는 곳입니다. 그런데 그런 곳을 무단으로 부수고 들어갔으니 명백하게 불법 침입이죠. 형법 319조 위반입니다."

"무슨 말도 안 되는……. 고작 포도 몇 송이를 가지고 사람들을 고소하려고요?"

당황한 경찰은 떨떠름한 표정이 되었다.

그리고 노형진은 그걸 보고 왜 그가 그렇게 말리는지 알아차렸다.

'쯧쯧, 그새 받아 처먹었냐?'

딱 봐도 그 산악회인지 뭔지에서 돈 몇 푼 찔러준 모양이었다. 그러니까 이렇게 접수하지 않으려고 하지.

'병신들 같으니라고.'

차라리 그 돈을 피해자에게 주면서 사과했다면 피해자는 용서해 줬을 것이다.

망으로 세운 벽이야 쓰러진 것뿐이니 다시 세우면 그만이다.

경찰에게 준 뇌물이 못해도 수십만 원은 될 텐데, 그 정도 돈 정도면 떨어진 과일값 이상은 될 테니까.

그런데 그렇게 하지 않고 뇌물을 주면서 무마를 요청했다는 것은 자존심이 상해서라도 사과하지 못하겠다는 뜻이다.

'내가 좀 독하게 나가야겠네.'

저쪽에서 죽자고 덤빈다면야 죽여 주는 것이 인지상정.

"아아…… 제가 잘못 생각했네요."

"그렇지요?"

"다중이 위력을 보이면서 들어갔으니까 형법 320조 위반입니다. 벌금은 안 나오겠네요. 해당 법률은 벌금 조항이 없이 5년 이하 징역이니까요."

"아니, 그게 무슨……."

"틀린 말은 아니잖습니까?"

그들은 임의로 세워진 벽을 부수고 기둥까지 뽑아내면서 자기들의 힘을 과시하며 들어갔다.

"그게 무슨 벽입니까!"

"이런 경우에 해석하는 벽이라는 것은 그냥 일종의 경계선입니다. 콘크리트나 벽돌로 단단하게 올리지 않았다고 벽이 아닌 거죠. 감사합니다. 덕분에 큰 실수를 할 뻔했네요. 이런 강력 범죄를 고작 절도 같은 가벼운 범죄로 처벌하면 안 되죠. 그럼요. 조언 감사드립니다."

"이봐요! 잠깐만요!"

"여러분, 들으셨죠? 우리는 이제 가면 됩니다."

"아니, 잠깐만……."

경찰은 이제 다급해졌다.

어떻게 해서든 사건을 무마해야 하는데 졸지에 강력 범죄로 상황이 바뀌었기 때문이다.

하지만 노형진은 그가 붙잡든 말든 주민들을 이끌고 그곳에서 나왔다.

그리고 함께 나온 노문성은 혀를 내둘렀다.

"허…… 그래서 그걸 세우라고 한 거냐?"

"네."

"그냥은 안 되고?"

"현행법상 주거침입이 성립하려면 일단 관리하에 있어야 하거든요. 그리고 해당 지역의 평온과 안전을 침해해야 하고요.

이런 사건은 평온과 안전을 침해했다는 걸 증명하는 건 쉬운데, 그게 관리하에 있다는 걸 증명하기 쉽지 않다는 거죠."

실제로 판례 중에도 접근이 무척이나 용이한 경우라면 주거침입이 안 된다는 판례도 있다.

물론 그 당시 판례에서 사건의 당사자는 피해를 줄 목적이 없기는 했지만 말이다.

"하지만 어찌 되었건 우리는 오지 말라고 벽은 세워 놨지 않습니까?"

아무리 부수기 쉽고 대충 만든 철조망 경계선이라고 할지라도 결국 벽은 벽이다.

누군가의 관리하에 있다는 명백한 의사를 보여 주는 데는 문제가 없다.

"네가 말한 해결책이 이거니?"

"네."

도둑질을 하기 위해서는 그걸 뚫고 들어가야 한다. 그러면 너무나 쉽게 불법 주거침입이 되는 것이다.

"고작 이 정도 가지고 쉽게 해결될 거라고는 생각도 못 했네요."

손예은은 뭔가 배울 수 있다고 해서 따라왔는데 배우고 자시고 할 것도 없이 순식간에 끝난 사건에 허탈해했다.

"그런가요? 하하하."

"확실히 비용은 얼마 안 드네요."

사람들이 다니는 도로는 얼마 안 된다. 특히나 이런 산악회니 부녀회니 하는 곳에서 다니는 것은 더더욱 얼마 안 된다.

　그런 만큼 그쪽만 막으면 된다.

　"양계망은 10미터에 3만 원 정도 합니다. 100미터라고 해도 30만 원 선이죠. 애초에 그들이 다니는 도로와 그렇게 길게 접하고 있는 곳은 드물고요."

　"그렇기는 하지요."

　기껏해야 몇십 미터 수준이다.

　"하지만 저런 양계망은 의외로 튼튼합니다. 코팅이 되어 있고 또 내부가 철조망이기 때문에 쉽게 썩어서 끊어지지도 않아요. 한번 설치하고 나면 몇 년은 가지요."

　설사 다소 끊어지거나 부서진다고 해도 조금 사 와서 이어 붙이면 그만이다.

　"좋은 생각이네요."

　"뭐, 살짝 편법이죠."

　노형진은 미소를 지으면서 웃었다.

양보도 때로는 승리다

"아니, 시골 인심이 왜 이렇게 각박해!"

"거참, 몇 푼이나 한다고!"

사건이라는 것은 상대적인 것이다.

누군가에게는 인생을 바꿀 수 있는 충격적 사건일지 몰라도 누군가에게는 별거 아닌 일인 것이다.

가령 학교에서 가해자들에게 왕따는 놀이지만 당하는 사람은 자살에까지 몰린다.

그런 걸 장난삼아 던진 돌에 개구리 맞아 죽는다고 하는데, 이번 사건 역시 마찬가지였다.

"돈 주면 될 거 아냐! 주면!"

"별 그지 같은 게!"

가득한 사람들을 보면서 노형진은 고개를 절레절레 흔들었다.

"말이 안 통하는군요."

손예은도 질린 표정이었다.

"통할 리가 있겠습니까?"

강남 짠돌이 산악회 사람들은 반성이라는 걸 하지 않았다.

"거참, 포도 몇 송이 따 갔다고 지랄하기는. 얼마면 돼? 1만 원? 2만 원?"

"이봐요, 포도 몇 송이가 아니잖습니까? 지금 당신들이 들어가서 포도나무 다 망친 거 모릅니까?"

이번 사건에서 중요한 건 저들이 단순히 포도 몇 송이 따 간 것이 아니었다.

진짜 문제는 저들이 그 과정에서 조심스럽게 포도만 딴 게 아니라 포도나무를 다 뜯어냈다는 것이다.

포도나무는 절대 튼튼한 나무가 아니다.

포도나무는 덩굴과의 식물이다. 그래서 나무 자체는 약하지만 질기다.

그래서 포도를 딸 때는 절대로 당기면 안 되고, 전지가위 같은 것으로 끊어 내야 한다.

하지만 저들이 전지가위 같은 게 있을 리 없으니 힘으로 잡아당겼고, 덩굴나무들은 무척이나 질긴 편이라 가지들이 거기에 휘말려서 후두둑 떨어진 것이다.

"시간이 지나면 자랄 거 아냐!"

"시간이 지나면 자라겠죠? 그런데 그게 시간이 얼마나 걸리는지 압니까?"

일반적으로 포도나무의 수명은 15년을 잡는다.

물론 나무 자체는 더 오래 살 수 있다. 하지만 과일은 상품이고, 최상의 품질의 포도를 수확할 수 있는 기간은 5년에서 10년이다.

그 이상 자라면 포도의 품질이 떨어지기 때문에 다시 다른 나무를 심어야 한다.

"그건 7년이나 키운 나무라고요!"

그걸 다시 동일하게 키우려면 못해도 3년은 더 걸린다.

그동안 그 나무에서 수확되는 포도는 극도로 적어질 수밖에 없는데 그게 벌써 수십 그루다.

"거참, 그거 몇 푼이나 한다고! 돈 주면 될 거 아냐! 한 10만 원이면 돼?"

"아휴, 회장님. 무슨 말도 안 되는 포도 몇 송이 가지고. 저런 비렁뱅이 새끼들이 돈독이 올라서 그럽니다."

옆에 있던 사람이 회장인 구식만의 편을 들어 주면서 딸랑거렸다.

그리고 그 말을 들은 농부들은 발끈했다.

"뭐? 비렁뱅이?"

"그럼 비렁뱅이가 아니고 뭐야? 포도 몇 송이 딴 거 가지고 어떻게 해서든 돈 뜯어내려고 하는 거 아냐!"

산악회 사람들은 완전히 적반하장식으로 나왔다.

노형진이 발끈하려는 찰나, 한 남자가 그들 사이에 끼어들었다.

"두 분 다 그만하세요. 일단은 우리가 잘못한 건 맞지 않습니까?"

그들 팀에서 가장 끝에 있던 남자였다.

'그나마 상식적인 사람인 건가?'

노형진은 무심결에 넘어가려고 했다.

그런데 반응이 이상한 건 이쪽이 아니라 그쪽이었다.

"이봐, 차규헌이! 네가 뭘 안다고 지랄이야?"

"네?"

"네가 뭘 안다고 지껄이냐고! 네가 그 현장에 있었던 것도 아니잖아!"

"저기, 회장님, 아무리 그래도 잘못한 건 잘못한 거죠."

"거참, 세상 진짜 모르네. 딱 보면 몰라? 저 비렁뱅이 새끼들이 우리가 실수한 거 가지고 돈독이 올라서 돈 뜯어내려고 하는 거 아냐?"

말을 꺼낸 남자를 마구 공격하는 회장, 구식만.

노형진은 그걸 보고 고개를 갸웃했다.

'뭐지?'

보통 사람은 외부의 적에 대해서 예민하게 반응한다. 그래서 자신들에게 말을 험하게 하는 것은 이해할 수 있다.

그런데 회장이 차규헌이라 불린 저 남자에 대해서도 예민하게 반응하는 이유가 뭘까?

"넌 그 자리에 있었던 것도 아니면 입 닥치고 있어."

구식만은 차규헌을 마구 공격했고 주변 사람들도 비슷한 반응이었다.

'뭔가 있어.'

노형진은 그들을 바라보면서 차규헌의 눈치를 살폈다.

'그러고 보니……'

여기에 있는 사람들 중에서 유일하게 그만 그날 현장에 없던 사람이다.

'그리고…… 그날도…….'

그날 사람들의 증언에 따르면 현장에 있던 산악회 사람들은 대략 백 명 선.

그중에서 회장을 비롯한 이십여 명 정도가 그물망으로 된 벽을 부수고 들어갔다고 했다.

'충성파라는 건가?'

아무리 산악회라고 해도 벽을 함께 넘는 것은 쉬운 일이 아니다.

그런데 함께 벽을 넘었다는 것은, 회장을 믿고 따르는 소위 말하는 충성파일 가능성이 높다.

'흠……'

노형진이 조용히 바라보는 사이, 조정관은 그들을 말리면서 적당하게 합의시키려고 했다.

물론 노형진 입장에서는 어림없는 소리지만.

"자, 자! 진정하시고. 그냥 한 40만 원 선에서 합의하세요."

"조정관님? 지금 저희가 입은 손해는 심각합니다."

"어차피 가격은 그 정도밖에 안 되잖습니까?"

포도는 그다지 비싼 과일은 아니다. 더군다나 쉽게 터지는 성질 때문에 저들이 많이 따 간 건 아니다.

"하지만 그 과정에서 심각한 손해를 입었습니다."

"그러니까 한 40만 원 정도에서 합의하라는 거 아닙니까? 그 정도면 충분하다 보이는데요?"

"못합니다. 못해도 500만 원은 주셔야 합니다."

"아니, 장난해?"

"와, 이 거지새끼들."

결국 노형진에게 맡겨 두고 있던 농부 한 명이 발끈해서 자리에서 벌떡 일어났다.

"거지? 지금 거지라고 했어?"

"너희들이 농사에 대해서 뭘 알아!"

"죽어라 농사한 게 너희들이 훔치라고 한 건 줄 알아?"

"진정하세요, 진정."

노형진은 어떻게 해서든 그들을 진정시키려고 했다.

하지만 이미 늦어 버렸다.

"합의고 뭐고 다 필요 없어!"

"법대로 해, 이 새끼들아!"

결국 농부들은 참지 못하고 바깥으로 나가 버렸고, 노형진은 그런 그들을 보면서 고개를 흔들 수밖에 없었다.

"도대체 왜 그런 겁니까?"

"이보게, 노 변호사. 우리를 그렇게 무시하는데 어떻게 가만히 있으란 말인가?"

"법대로 하라고 해!"

"법대로 하면 불리합니다."

"불리? 그게 말이나 돼! 우리가 피해자라고!"

발끈하는 농부들.

그들은 현실에 대해서 전혀 모르고 있었다. 아니, 알 리 없었다.

"여러분들이 아셔야 할 게 있습니다."

"뭐 말인가?"

"대한민국은 기본적으로 가해자 위주의 국가입니다."

"뭐라고!"

"그게 무슨 소리야!"

"가해자들에게 유리한 판결을 한다는 뜻입니다. 다른 나라처럼 징벌적 배상도 없고, 상대방에게 어떻게 했느냐에 따라 배상금이 늘어나지도 않습니다. 그냥 판사가 마음대로 결정하는데, 문제는 대부분의 판사들은 가진 사람들이라는 거죠."

"그래서?"

"저들의 이름이 뭡니까?"

"뭐?"

노형진의 말에 고개를 갸웃하는 사람들.

노형진이 그들의 이름을 몰라서 물어본 건 아닐 것이기 때문이다.

노형진은 그들이 대답하지 않자 다시 한 번 물어봤다.

"저들의 이름이 뭡니까?"

"강남 짠돌이 산악회."

"그렇지요. 거기서 강남이, 제비가 날아간다는 그 강남이라고 생각하십니까?"

"……."

농부들은 아무런 말도 하지 못했다.

그럴 리 없다. 저들은 제비가 아니니까.

"그럼 판사가 누구의 편을 들어 줄 것 같습니까?"

"끄응……."

이미 결정은 나 있다.

"설사 판사가 공정하게 판결한다고 해도 여러분들의 피해를 복구할 정도의 판결은 불가능합니다. 물론 망가진 포도나무를 복구할 수가 없으니 어느 정도 배상은 받겠지요. 하지만 그게 여러분의 성에 찰까요? 아니, 애초에 판사는 농사에 대한 지식이 전무합니다. 나무의 생장이나 상품성에 대해서 전혀 모른단 말입니다."

"그럼?"

"솔직히 200만 원만 나와도 많이 나오는 겁니다."

"하아."

물론 당장 200만 원이면 손해는 아니다.

하지만 나무가 망가지면서 내년과 내후년 그리고 3년 후까지, 나무가 자라는 다시 동안에 얻지 못할 것에 대한 보상으로 좀 작기는 하다.

"그래서 제가 합의로 끝내려고 한 겁니다."

"하지만……."

"네, 뭐 이해는 갑니다."

저쪽에서 저런 식으로 나오는데 아무리 사람이 배알이 좋아도 그냥 둘 수는 없다.

"그리고 애초에 저 녀석들은 합의를 안 할 것 같기도 하고요."

"안 한다고?"

"네, 저런 타입들은 절대 안 합니다. 돈이 없는 게 아니거든요."

"돈이 없는 게 아니다?"

"네."

노형진이 봤을 때 저 사람들은 애초에 합의 의사가 없었다.

저런 타입은 합의를 해서 상대방에게 배상을 해 주느니 차라리 끝까지 가서 변호사를 사고 싸워서 최대한 배상을 안 해 주려고 할 것이다.

'저런 타입은 돈보다는 자존심이 더 중요하지.'

배상을 100만 원을 해 주느니 변호사 비용으로 수백만 원을 내고 그 대신 배상금 50만 원을 깎는 게 저런 타입이다.

"그럼 이제 어쩌나? 그냥 판사들이 주는 대로 받아야 하나?"

"글쎄요……."

물론 그래도 된다. 이건 딱히 돈이 되는 사건도 아니고 말이다.

'하지만……'

노형진은 슬쩍 손예은 변호사를 바라보았다.

"왜 그러시죠?"

"아닙니다."

노형진이 그녀를 본 건 그녀가 예뻐서가 아니었다. 그녀가 여기에 있는 이유 때문이었다.

그녀는 이번에 여기에서 배운 것을 다른 농촌에 적용하려고 온 것이다.

'그러니 그냥 물러날 수도 없고…….'

물론 자신이 생각해 낸 싸구려 임시 담장이면 대부분의 사람들이 접근하지 않을 것이다. 일단 심리적인 벽이 존재하니까.

'하지만 그렇다고 이런 안하무인인 놈들이 없는 건 아니지.'

특히 산악회니 부녀회니 이런 곳은 집단 심리 때문인지 이런 문제를 자주 일으킨다.

'그렇다고 카메라를 다 달 수는 없고.'

CCTV는 비싸다. 길과 접한 모든 곳을 감시할 수는 없다.

결국 사건 하나를 확실하게 해결해서 일종의 교훈으로 삼는 것이 최선.

"일단 민사 쪽은 기다리죠."

"기다리자고요?"

"네. 어차피 이건 민사로 가 봐야 얼마 안 나옵니다."

"그럼 형사로 하시게요? 하지만 형사로 한다고 뭐가 바뀔까요?"

민사 판사조차 눈치를 본다.

아무리 불법 침입으로 고발했다고 하지만, 100% 집행유예가 나올 것이다.

"압력을 행사하시려고요? 그럼 벌금은 나올 텐데?"

"에이, 그럴 리가요. 그러면 일반적인 방식이 아니죠."

사건이 특수하고 다른 사건이 벌어질 가능성이 그다지 높지 않다면 압력을 행사해서 이길 수도 있다.

그러나 이건 다른 농촌에서도 써야 하는 방식이고, 그 모든 사건에 압력을 가하기에는 한계가 있다.

"그러면 어쩌려고?"

"흠……."

노형진은 고개를 돌려서 법원에서 떠나가는 회장 일행을 바라보았다. 그리고 빙긋 웃었다.

"방금 좋은 생각이 떠올랐습니다."

"좋은 생각?"

"네, 후후후."

그렇게 멀어지는 산악회원들을 보면서 노형진은 미소를 지었다.

⚖

차규헌은 자신을 찾아온 사람이 하는 말을 듣고 귀를 의심했다.

"어떻게, 생각 없습니까?"

"그거야……."

"없지는 않으시죠?"

"……."

차규헌은 그들은 바라보았다.

듣기는 했다, 회장과 몇몇이 시골로 갔는데 거기서 문제를 일으켰다고.

"저런 성격의 사람이 여기를 그다지 잘 운영할 것 같지는 않습니다만."

"후우."

차규헌은 고개를 끄덕거렸다.

"구식만이 그렇게 운영을 잘하는 편은 아니죠."

"그러니까 이번에 손을 좀 쓰자는 겁니다."

"손을 좀 쓴다?"

"네."

"그래서 좋은 게 뭔데요?"

"일단은 내쳐지지 않을 수 있지요."

차규헌은 침묵을 지켰다.

하지만 그 침묵에는 수많은 의미가 있다는 것을 모를 노형진이 아니다.

"아마도 그쪽에서는 차규헌 씨를 내치고 싶어 하는 것 같던데요. 안 그렇습니까?"

"……."

"그 나이에 백수 되고 싶지는 않으실 거 아닙니까?"

"젠장…… 도대체 어떻게 안 겁니까?"

"뻔하지요."

노형진이 차규헌을 찾아온 이유는 간단했다.

구식만이 차규헌을 내치려고 하는 것은 그날 조정실 분위기를 보면 알아채기 어려운 일이 아니었다.

사무장이라는 직위는 낮은 게 아니다. 그리고 일반적으로 회장의 오른팔이다.

그렇게 공식적인 자리에서 구박받을 자리가 아닌 것이다.

"딱 보니 회장이 밀어내려고 하는 것 같던데."

"후우."

차규헌은 고개를 끄덕거렸다.

"맞습니다. 뭐, 파리 목숨이죠."

그는 우울하게 말했다.

"그리고 해직되면 완전히 인생 망가지는 거고요."

"……."

강남 짠돌이 산악회의 회원 수는 2만 5천 명 정도.

단순 친목 단체 수준을 넘었다.

그런 만큼 친목 단체처럼 누구 한 명이 예산 관리를 할 수 있는 수준이 아니다. 당연히 누군가 전업으로 예산을 관리해야 한다.

'그리고 일반적으로 사무장이 그걸 하지.'

그래서 사무장은 회장과 아주 친한 사람을 배치하는 것이 보통이다.

왜냐고? 2만 5천 명쯤 되는 산악회에 들어오는 뇌물은 결코 적지 않으니까.

고작 산악회라고 생각할 게 아니다.

예를 들어서 일반적으로 소형 산악회는 회원 수가 이백 명쯤 된다.

그들이 한꺼번에 움직인다면 어떻게 될까?

당장 버스를 빌려야 한다.

이를 대절이라고 하는데, 일반적으로 버스 한 대당 탑승 인원은 마흔다섯 명이다.

그러면 이백 명이 움직이려면, 못 가는 사람을 뺀다고 해도 최소 네 대는 움직여야 한다는 소리다.

거리에 따라서 다르지만 일반적으로 하루 빌리는 데 60만 원. 그러면 240만 원이 들어간다.

'그리고 그중에는 회장에게 들어가는 돈도 있지.'

저 중에서 대략 10만 원에서 15만 원 정도는 뇌물로 다시 회장에게 돌아가는 것이 현실.

'그리고 강남 짠돌이 산악회는 회원 수가 2만을 넘지.'

더군다나 우리나라 산악회는 공식적으로는 산악회라는 친목 형태를 가지고 있지만 비공식적으로는 영업하는 회사와 같은 구조다.

쉽게 말해서 산악회에서 대절을 해서 놀러 간다고 하면 회원이 아닌 사람도 인터넷을 통해서 참가할 수 있고, 그렇게 한 해에 수만 명을 데리고 간다.

당연히 그사이에 회장이 먹는 돈은 어마어마하다.

'그걸 이 사람이 모를 리 없지.'

차규헌은 이 산악회의 사무장이다. 당연히 그 돈에 대해서 안다.

다만 전부 회장이 먹는 돈이고 자신은 손가락만 빤다는 것이 문제였다.

"젠장……."

이유는 알 수 없지만 일단 차규헌은 회장의 눈 밖에 났다. 그런 만큼 돈을 관리하는 자리에 그를 두고 싶어 하지 않을 것이다.

그러나 차규헌은 이게 월급을 받으면서 일하는 자리다.

쉽게 말해서, 공식적으로는 친목 단체이지만 여기서 그가 해직당하면 백수가 된다는 소리다.

'이미 당신에 대해서는 조사를 했지.'

그의 나이는 52세. 아들 둘에 딸이 한 명 있다.

아들 하나와 딸 하나는 대학에 다니고, 다른 아들 하나는 군대에 있지만 대학 휴학 중.

'아주 돈이 절실하게 필요한 시점이지, 후후후.'

그런 만큼 절대로 여기서 밀릴 수 없다.

나이 쉰둘 먹은 사람을 뽑아 줄 직장은 별로 없으니까.

"어떻습니까? 제대로만 하시면 자리를 잡을 수 있을 텐데요."

"자리를 잡는다?"

"네. 설마 사무장으로 만족하실 겁니까?"

차규헌은 움찔했다.

노형진은 그를 슬쩍 밀어줬다.

"아무래도 이런 곳에 도는 돈이 적지는 않을 텐데요."

"……."

격하게 흔들리는 차규헌의 눈동자.

그럴 수밖에 없다.

얼마 후면 군에 간 아들이 제대한다. 그러면 복학해야 하는데, 한 학기 학비만 2천 가까이 된다.

회장은 그 돈을 한 달이면 번다.

물론 자신은 국물도 없다. 당연히 월급은 받지만.

'하지만 그 자리마저도 아까운 거지.'

회장은 이미 차규헌을 밀어내려고 작심한 상태고, 그걸 알아챈 주변에서는 그에게 심하게 딸랑거리는 것이다.

그 나이에 한 달에 삼백 가까이 받는 자리는 별로 없으니까.

'그리고 그렇게 힘든 자리도 아니지.'

정식 기업도 아니기 때문에 그렇게 업무가 많은 것도 아니다.

쉽게 말해서 '땡보'라고 불리는 자리.

그러니 다른 사람들이 탐을 낼 수밖에.

"그걸 빼앗을 수 있는 겁니까?"

결국 차규헌은 탐욕에 눈이 멀었다.

저쪽에서 자신을 쳐 내려고 하는데 의리가 있을 리 없다.

'죽기 아니면 까무러치기다.'

어차피 내쳐지는 것이 결정적이라면 발악이라도 해 보려는 것이다.

"가능하지요. 이번 사건을 일으킨 건 상위 일부거든요."

"그래서요?"

"그걸 핑계로 쿠데타를 일으키는 겁니다."

"쿠데타?"

"네."

"어떻게요?"

"서로 윈윈을 하는 거죠."

노형진은 그의 귀에 뭐라고 속닥거리기 시작했고, 그의 얼굴은 점점 환해졌다.

"그나저나 이게 먹힐까요?"

차규헌과 헤어지고 난 후에 손예은은 걱정스러운 얼굴이 되었다.

"먹힐 겁니다. 사람은 태도를 보면 알 수 있거든요."

"태도요?"

"네. 우리와 합의하러 왔던 회장은 안하무인이었잖습니까?"

"그렇지요."

"그리고 옆에 따라온 녀석도 심하게 딸랑거렸고요."

"딸랑?"

"아부했다는 소리죠."

"아, 네. 맞습니다. 상당히 심하게 아부를 하기는 하더군요."

손예은은 합의하러 온 사람들에 관한 기억을 더듬으면서

말했다.

"그런데 사람 인성이, 원래 그런 사람이면 회장으로 선출되지 못하죠."

"그럼?"

"회장이 된 지 오래되었다는 뜻입니다. 그리고 그 기간이 길어서 아주 당연하게 그렇게 챙기고 있다는 뜻이고요."

"그렇다면?"

"네, 기간이 길어지고 그가 먹은 게 많을수록 그를 노리는 세력은 많아질 수밖에 없습니다."

더군다나 그의 그런 행동을 봐서는 다른 곳에서 오는 뇌물도 다른 사람들과 공평하게 나눌 것 같지는 않았다.

지금 봐도 차규헌은 월급 말고는 다른 건 전혀 없는 듯했다.

물론 하는 일에 비해서 월급이 많은 건 사실이지만, 사무장은 돈의 출납을 관리하는 자리다. 당연히 회장 편이어야 한다.

그런데도 저렇게 적게 준다는 건 욕심이 과하다는 뜻이다.

"결국 그들의 싸움은 피할 수 없습니다. 다만 반회장파는 아직 구심점이 없는 듯하네요. 누군가 총대를 메면 뭉치겠지만 아직 그런 사람이 없으니까요."

"그래서 사무장을 찾아간 건가요?"

"네. 어차피 사무장은 내쳐질 상황입니다. 발악을 할 만하죠. 그러면 반회장파는 사무장을 기준으로 뭉칠 겁니다. 그런 상황에서 우리가 나서서 전폭적으로 한쪽을 지지한다면 어떻게 될까요?"

"흠……."

그러면 분명히 회장은 화들짝 놀랄 것이다.

"그렇지만 우리가 그쪽에 밀어줄 만한 게 뭐가 있나요?"

손예은은 고개를 갸웃했다.

돈을 줄 것도 아니고, 뭘 밀어준단 말인가?

"이런 말이 있지요, 인간은 돈을 좇는 동물이라고."

"네?"

"기다려 보세요. 재미있는 일이 벌어질 겁니다, 후후후."

노형진은 열 받아서 펄펄 뛸 구식만을 기대하면서 씩 웃었다.

⚖

"이게 무슨 개짓이야!"

구식만은 길길이 날뛰고 있었다.

자신과 상관없이 벌어진 일이 자신에게는 치명적인 타격으로 돌아왔기 때문이다.

"개짓이라니요. 전 우리 회원들의 이득을 위해서 열심히 일한 것뿐입니다."

"그런데 왜 거기야!"

"아니, 거기서 싸게 하자고 하니까 하는 거죠."

차규헌은 구식만에게 제대로 대들고 있었다. 그리고 회원들은 그 모습을 눈으로 보고 있었다.

하지만 이성을 잃은 구식만은 차규헌을 용서할 수가 없었다.

"이 망할 새끼가!"

"공은 공이고 사는 사입니다. 거기랑 소송 중인 건 알지만, 그 정도 조건으로 해 주는 곳이 없는데 어쩌란 말입니까?"

"이 새끼가 증말!"

구식만이 이렇게 길길이 날뛰는 데에는 다 이유가 있었다.

자신과 소송 중인 곳과 차규헌이 일종의 여행 계약서를 체결하여 포도 따기 체험을 만든 것이다.

이는 명백하게 자신을 조롱하는 행동이다.

"아니면 그 가격으로 회장님이 구하시든가요."

노형진이 차규헌을 밀어주는 방법은 돈을 주는 게 아니었다.

돈 대신에 다른 것, 즉 일종의 사람들의 시선을 끌 이벤트를 밀어준 것이다.

"아니, 서로 좋은 게 좋은 거 아닙니까?"

차규헌은 구식만을 몰아붙였다.

"좋은 게 좋은 거라니! 지금 무슨 말을!"

"그러면 다른 곳을 알아 오시든가요. 솔직히 당신이 가지고 온 대부분의 행사가 싼 건 아니었잖아요?"

"으윽."

노형진이 차규헌에게 이야기한 것은 간단했다.

바로 농작물을 직접 따 갈 수 있는 행사를 여는 것.

단순히 직거래 정도가 아니라 직접 와서 딴 농작물을 싼 가격에 가지고 가는 것이다.

'으흐흐, 내가 모를 줄 알아?'

차규헌은 구식만을 보면서 속으로 미소를 지었다.

'네놈은 이 가격을 절대 맞추지 못하지.'

그럴 수밖에 없다.

일단 구식만 스스로 먹어야 하는 지분, 쉽게 말해서 뇌물이 포함되어야 하는 데다가, 직접적으로 농장이랑 연결된 게 아니라 브로커를 통해서 연결된 것이다.

당연히 그 가격을 맞추지 못한다, 브로커에게 줘야 하는 돈도 있으니.

'일단은 나도 내 지분을 좀 포기하면……'

이번에는 자신의 지분을 포기하면 싼 가격에 행사를 할 수 있다. 그렇게 되면 회장을 몰아내는 것은 일도 아니다.

"너 이 새끼……."

구식만은 이를 박박 갈았다.

차규헌은 그런 구식만에게 다가가 귀에 대고 살짝 속삭였다.

"내가 그렇게 멍청하게 당할 거라 생각합니까?"

"너 이 새끼."

구식만은 차규헌을 노려보면서 다시 한 번 이를 빠드득 갈았다.

"이렇게 조심해서 따는 거란다."

포도 농장에 가득한 사람들.

그들은 단순히 일꾼이 아니다. 그들은 강남 짠돌이 산악회 회원들이다.

며칠 전만 해도 전혀 생각하지 못했던 장면이다.

"전혀 예상하지 못했는데?"

노형진의 아버지 노문성은 혀를 내둘렀다.

죽자 사자 싸우던 게 바로 얼마 전인데 이렇게 산악회에서 와서 일할 줄은 몰랐던 것이다.

"결국 사람은 이권을 좇는 존재지요."

차규헌과 노형진은 간단한 거래를 했다.

포도 농장에 와서 포도를 따는 체험 학습을 하는 것으로 말이다.

그렇게 딴 포도 중에서 상태가 좋지 않은 것들은 거기서 먹고 상태가 좋은 것 중 일부는 산악회에서 가지고 간다.

나머지는 직거래 형태로 산악회 멤버들에게 팔며, 그 수익을 참가한 회원들에게 일부 돌려준다.

"전혀 생각도 못 했는데? 돈을 주는 체험 학습이라니."

"그러니까 이렇게 대성황 아닙니까?"

보통 체험 학습을 한다고 하면 돈을 낸다.

하지만 노형진은 생각을 바꿨다. 돈을 받는 대신에 돈을 주는 걸로.

물론 그 돈은 얼마 되지 않는다.

하지만 어차피 일꾼을 고용해서 따는 것보다는 훨씬 싸게 먹힌다.

"체험 학습을 하고자 하는 사람들에게도 좋은 거죠."

체험 학습을 하기 위해서 돈을 내는 것도 저들이다.

그중 일부를 돌려준다는데 싫다고 할 사람은 없다.

"더군다나 회원들에게 직거래 형태로 팔 수 있으니 수익도 중간도매상에 넘기는 것보다 훨씬 나은 편이구요."

"그렇지."

더군다나 내부에서 회원들이 직접 가서 딴 포도라는 소문이 돌자 믿을 만하다면서 주문량이 어마어마하게 늘어나고 있었다.

"이런 걸 보고 서로 윈윈이라고 하는 겁니다."

회원들은 체험 학습을 하면서 돈도 벌고, 농민들은 중간상인을 완전히 배제하고 인건비를 아낄 수 있는 덕분에 수익도 늘어났다.

"이 정도면 회장 일파가 저지른 손해를 만회하고도 남지요."

"그건 그렇지. 그런데 아직 합의가 끝난 건 아니지 않은가?"

"그렇지요."

회장은 이를 박박 갈고 있다.

수많은 사람들이 신청했고 이미 시작된 일이기 때문에 막을 수가 없어서 그냥 있을 뿐이지, 그렇다고 실권을 잃어버린 것은 아니다.

"이번 일은 사실 돈 때문보다는 존재감의 문제죠."

"존재감?"

"지금까지 사무장은 회장의 그림자에 떠밀렸습니다. 그러니 싸우려고 해도 쉽지 않을 겁니다. 하지만 이번 일은 회장의 반대를 무릅쓰고 무단으로 저지른 일이죠."

노문성은 고개를 끄덕거렸다.

그도 사회생활을 알고, 또 노형진이 말한 작전을 이해하고 있었다.

"그러니까 이번 참에 그가 총대를 멘다는 걸 외부에 표시한 거군."

"네, 아버지 말씀대로예요. 그렇게 되면 반대파는 이쪽으로 몰리게 되죠."

회장이 독식하는 것을 그냥 바라보던 사람들은 기회만 노리고 있었을 것이다.

물론 그중에는 딸랑거리면서 떨어지는 콩고물을 얻어먹던 사람도 있겠지만, 그들 일파에게서 완전히 소외된 사람도 있을 것이다.

"이기려고 전쟁을 만들다니."

노형진은 씩 웃었다.

"이기면 장땡이죠, 후후후."

⚖️

"다음 안건을 진행하겠습니다."

회의 내내 분위기는 좋지 않았다.

그럴 수밖에 없다. 회장파와 반회장파의 대립이 눈에 보일 정도였으니까.

"잠깐, 다음 안건이라니?"

회장인 구식만은 다음 안건이라는 말에 발끈했다.

다음 안건이 있다는 소리를 듣지 못했기 때문이다.

"손해배상에 관련된 건입니다."

"무슨 개소리야?"

"얼마 전에 회장님이 사고 치신 거 있지 않습니까?"

"그게 왜 사고야! 그 새끼들이 돈독이 오른 거지!"

"어찌 되었건 그걸 배상해야 하는 건 사실 아닌가요?"

"끄응……."

그건 맞다.

금액이 얼마가 되었던 농장을 망가뜨린 것에 대한 배상은 해야 한다. 아직 판결은 나오지 않았지만 말이다.

"그 건에 대해서 말하는 겁니다. 아무리 생각해도 그걸 우리 산악회에서 막는 건 말도 안 된다고 생각합니다."

"뭐라고?"

"그건 회장과 일부 회원들이 저지른 행위입니다. 현행법 상 불법이기도 하죠. 그걸 왜 우리 산악회에서 공동 책임을 집니까?"

"너 이 새끼!"

차규헌의 말에 구식만은 발끈했다.

물론 금액은 얼마 안 될 것이다. 하지만 그걸 자신더러 책임 지라 한다는 건 즉, 자신에 대한 정면 도발이었기 때문이다.

"지금 그걸 안건으로 올리자는 거야!"

"그래야지요."

"이 새끼가 미쳤나!"

회장이 벌떡 일어났다.

그와 동시에 그를 추종하는 몇몇이 자리에서 일어났다.

"그걸 우리가 배상 안 하면 누가 하는데?"

"회장이 곧 집단이야! 몰라!"

버럭버럭 소리를 지르는 그들.

하지만 그들은 몰랐다, 자신들 뒤에서 무슨 일이 벌어지고 있었는지 말이다.

"회장이 왜 집단입니까? 회장은 대표일 뿐입니다. 그리고 대표가 책임지겠다면서 저지른 일인데 왜 우리가 책임을 집 니까?"

"뭐라고?"

몇몇 사람들이 일어나면서 정면으로 격돌하기 시작한 것이다.

'이 새끼.'

구식만은 그 장면을 보다가 차규헌을 노려보았다.

갑작스럽게 안건을 올린 것에 이유가 있다 싶었더니 일부를 자기편으로 만들어 둔 모양이었다.

"그곳에 있던 회원분들이 그러시더군요. 회장님이 거기로 들어가면서 내가 다 책임질 테니 걱정하지 말라고 했다고요. 그럼 회장님의 책임이지요."

"뭐? 이 새끼야!"

"틀린 말은 아니잖습니까!"

점점 대립하는 두 사람.

그렇게 그들의 싸움이 심해지자 다들 어리둥절할 수밖에 없었다.

대부분의 사람들은 무슨 일이 벌어지고 있는지 몰랐기 때문이다.

"도대체 무슨 일입니까?"

"그게……."

구식만은 당황했다.

지금까지 잘 감춰지고 있다고 생각했는데 생각지도 못한 문제가 생긴 것이다.

'역시.'

차규헌은 자신을 찾아왔던 노형진의 말대로 이루어지자 자신도 모르게 미소를 지었다.

늦은 밤 그를 찾아온 노형진은 그에게 몇 가지 조언을 했다.

"다짜고짜 그를 밀어내려고 하면 분명 문제가 생길 겁니다. 일단 공식적으로 그는 몇 년간 회원들을 잘 관리해 왔으니까요."

"그럼 어쩝니까? 이번에 그 녀석을 밀어내지 못하면 우리가 죽습니다."

자신도 쳐 내질 대상이고, 회장은 자기 말을 듣지 않는 다른 사람들도 쳐 낼 것이다.

"그러니 일단은 사람들에게 회장의 악행에 대해서 알려야지요."

"어떻게요? 이번 사건에 대해서 알리란 말인가요? 하지만……."

그건 명백하게 현행법상 명예훼손이 된다.

대한민국 법은 이상해서, 범죄 사실을 주변에 알려도 명예훼손으로 인정되기 때문이다.

"당연히 그렇게 하면 안 되죠."

"그럼요? 그냥 당해요?"

노형진은 자신의 계획을 알려 줬고, 차규헌은 그 계획대로 움직이고 있었다.

'그리고…….'

안건을 무단으로 올리는 것은 확실하게 문제가 될 수 있지만 그게 법적인 처벌을 받을 건수는 아니다.

그리고 그건 다음 작전을 위한 포석이었다.

"별거 아닙니다."

"별거 아니라니요? 안 그래도 요즘 분위기가 이상하다고 생각했는데, 무슨 일입니까?"

대의원들도 분위기가 이상하다는 것쯤은 알고 있었다. 그런데 전혀 생각지도 못한 일이 터지자 당황한 것이다.

'이쯤에서…… 떡밥을 던져 볼까?'

회장을 몰아내기 위해서는 대의원들의 도움이 필요하다.

그렇다고 찾아가서 도움을 요청할 수는 없다. 대의원들 중에는 회장파도 있으니까.

'그럴 때는 자신들이 입을 손해를 생각하게 하란 말이지.'

노형진의 조언은 그거였다.

누구든 자신이 손해를 입을 수 있다고 생각하면 절대로 편들어 주지 않는다는 것.

'애초에 회장을 밀어내는 게 목적이니까.'

사실 이번에 회의 주제로 배상금 건을 꺼낸 건 진짜 안 주기 위한 것이 아니었다.

주든 안 주든 그는 상관없었다. 중요한 건 다음 공격이었다.

"그러면 투표로 합시다."

"뭐라고?"

"아니, 회장이 사고 친 걸 우리가 배상해야 한다면 당연히 우리의 동의를 얻어야 하는 거 아닙니까? 투표해서 만일 배상하자고 하면 배상을 하죠."

"무슨 말도 안 되는 개소리야! 당연히 배상해야지!"

구식만은 당황해서 어떻게 해서든 사건을 수습하려고 했다.

하지만 대의원들 입장에서는 그렇게 넘어갈 수가 없었다.

"도대체 무슨 일인데요?"

"회장이 회원 스무 명을 데리고 담을 부수고 들어가서 절도를 했습니다."

"뭐라고!"

"무슨……."

대의원들은 놀라서 회장을 바라보았다.

물론 거짓말은 아니다. 담이 지나치게 약했고, 절도한 게 포도 몇 개라는 것 빼고는.

'아 다르고 어 다른 거지.'

노형진은 그에게 그 부분은 쏙 빼고 이야기하라고 했다.

그래서 그렇게 했더니 순식간에 무슨 강력 범죄처럼 되어 버린 것이다.

"그리고 저기서 편들어 주는 대부분이 그때 일을 함께 저지른 사람들이지 싶은데요?"

"회장! 이게 무슨 말이야!"

구식만은 당황했다.

"그거 별거 아닙니다. 별거 아니에요. 배상금 얼마 안 나옵니다."

"배상금이 얼마 나올지야 아직 모르죠. 아직 민사 중이니까. 그런데 절도죄가 그렇게 가벼운 건 아닐걸요. 더군다나 벽까지 부수고 들어가다니."

"무슨 말도 안 되는 소리야?"

대의원들은 발끈했다.

그들 생각에 그런 범죄에 대한 배상은 못해도 수천은 나올 것이기 때문이다.

'아직 민사가 결정이 안 되었단 말이지, 흐흐흐.'

민사가 끝난 상태라면 그것만 갚으면 된다고 할지도 모른다. 하지만 아직 민사재판은 끝나지 않았으며 정확한 금액은 결정된 게 아니다.

그러니 얼마 안 된다는 변명은 통하지 않는다.

"회장! 왜 우리한테 그런 걸 말하지 않았소!"

"그게……."

구식만은 눈에 띄게 당황했다.

"어떻습니까? 투표를 통해서 결정해야 한다고 생각하지 않습니까?"

"그건 절대 안 돼!"

투표를 하면 대의원들이 모조리 바보가 아닌 이상에야 당연히 구식만이 진다.

하지만 이미 칼은 뽑힌 후였다.

"난 그거에 동의하오!"

"나도!"

"우리가 왜 당신이 저지른 범죄를 배상해야 하는데!"

현행법상 대의원의 3분의 1 이상의 찬성이 있으면 현장에서 발의된 안건에 대해서도 바로 투표할 수 있다.

그리고 자신들이 손해를 볼 수는 없다는 생각에 대의원들은 너도나도 찬성표를 던지기 시작했다.

'흐흐흐.'

차규헌은 당황하는 회장을 보면서 속으로 잔인한 미소를 짓고 있었다.

"이제 우리가 할 건 끝났네요."

안쪽에서 들리는 고함 소리에 노형진은 자리에서 일어났다.

"이제 조만간 차규헌이 구식만을 밀어내고 자리를 차지할 겁니다."

"그렇게 될까요?"

"애초에 이번 회의를 한 목적이 그거니까요."

당장 회장을 바꿀 수는 없다.

하지만 이미 회장이 범죄를 저지르고 그 배상을 공금으로 하려고 했다는 사실이 드러났고 투표를 통해서, 그것도 대의원 투표가 아니라 전체 투표를 통해서 배상 여부를 결정하기로 했다.

"바보가 아닌 이상에야 다들 반대하겠지요."

"그렇겠지요."

"그리고 얼마 후면 회장 선거거든요."

지금까지는 대체할 만한 다른 카드가 없었다. 그래서 그가 권력을 잡았다.

"하지만 이번에는 완전히 비리에 얼룩진 게 드러났으니 당연히 사람들은 그쪽 편을 들어 줄 겁니다."

더군다나 노형진이 농촌과 합심해서 돈을 주는 식의 농촌 체험을 제공했으니 사람들 입장에서는 차규헌의 편을 들어 줄 수밖에 없다.

한쪽은 돈을 주는데 한쪽은 그 돈으로 자기 범죄를 감추려고 했으니 말이다.

"대충 알겠나요?"

"알 것 같네요."

손예은은 고개를 끄덕거렸다.

"어차피 이런 범죄를 저지르는 곳 중에서 저항하는 곳은 규모가 있는 곳입니다. 그런 만큼 이런 식으로 내부에서 흔들면 그걸 막기 위해서라도 합의를 할 겁니다."

"흔들기라……."

"결국은 돈의 문제죠."

내부에서 흔들리기 싫다면, 그러니까 회장 같은 사람들이 자기 권력을 잃어버리기 싫다면 합의를 할 것이다.

"그런데 이번 사건이 해결되었다고 다른 사람들이 그렇게 쉽게 합의할까요? 어차피 재판으로 가도 배상금은 얼마 안 되잖습니까?"

"그건 그렇지요. 하지만 이런 여행을 하는 산악회 같은 곳은 중복 가입이 많습니다. 그래서 다른 곳으로 소문이 많이 돌지요."

"아!"

중복 가입이 되어 있는 사람들이 다른 곳에 가서 이야기한다면 당연히 그곳에도 소문이 돌 것이다.

실제로도 벌써 다른 산악회에 알음알음 소문이 나고 있는 상황.

"결국 합의는 공포의 문제입니다."

"공포라……."

"네."

자신들에게 생각보다 큰 피해가 온다면 인간은 합의하게 되어 있다.

"알겠습니다."

손예은은 고개를 끄덕거렸다.

어느 정도 상황이 이해된 것이다.

"자, 그럼 우리는……."

노형진은 고개를 돌려서 가득 쌓여 있는 포도 상자를 바라보았다.

농부들이 너무 고맙다고 준 포도들이었다.

"이거 가지고 갈 방법을 찾아야겠네요……. 우리 차로는 좀 부족할 것 같죠?"

가득한 상자를 보면서 노형진은 곤란한 표정이 되었다.

기레기는 거꾸로 해도 기레기

"으하함."

노형진은 피곤한 듯 눈을 문질렀다.

시민의 발이라고 하는 지하철. 그 안에는 늦은 시간까지 사람이 많았다.

늦은 퇴근을 하고 가려는 사람들.

"피곤하군요."

"그러네요."

무태식도 피곤한 얼굴이었다.

"차 가지고 왔으면 큰일 날 뻔했습니다."

"그러게요."

일반적으로 변호사들은 차를 가지고 움직인다.

하지만 차의 가장 큰 문제는 정체가 걸리는 상황에서는 움직이지 못한다는 것이다.

그 때문에 회사 내부에서는 그걸 확인하는 업무를 담당하는 사람까지 있을 정도였다.

아니나 다를까, 계획된 장소 근처에서 축제가 있었기 때문에 노형진과 무태식은 대중교통을 이용해야 했다.

"짐은 많고…… 사람은 바글바글하고……. 우우우……."

"하하, 다들 그렇게 사는 거 아니겠습니까?"

"그렇기는 하지만……."

이들의 모습은 누가 봐도 퇴근하는 피곤한 직장인의 모습 그대로였다.

"조금만 가면 되니까 참읍시다."

"네."

노형진은 그렇게 말하면서 눈을 문질렀다.

'아오…… 피곤해 뒈지겠네, 진짜. 마음 같아서는 진짜 운전기사를 대동하고 싶다니까. 그런데 그럴 수도 없잖아? 확 운전기사를 고용해?'

물론 업무의 보안상 그건 위험한 행동이다.

그렇게 마음에도 없는 생각을 하면서 어떻게 해서든 피곤을 떨쳐 내려고 했다.

그때였다.

"아니, 새파랗게 어린 놈이 여기에 앉아 있어!"

"응?"

갑자기 시끄러워지는 지하철 안.

노형진은 자신도 모르게 고개를 그쪽으로 돌렸다.

그뿐만 아니라 다른 사람들도 그쪽으로 시선을 돌렸다.

"뭐야, 저건?"

한 노인이 의자에 앉아 있는 젊은 여자에게 마구 소리를 지르는 것이 보였다.

'노약자석 아냐?'

지하철은 맨 양쪽 끝에 노약자석이라는 자리가 있다.

노인과 연약한 사람 그리고 다친 환자들을 위한 자리다.

그런데 거기에 앉아 있는 젊은 여자에게 소리를 지르는 노인.

"대가리에 피도 안 마른 것이 어디 감히 어른 자리를 차지하고 눈을 말똥말똥하게 뜨고 쳐다봐! 엉!"

앉아 있는 여자에게 마구 뭐라고 하는 노인.

"안 비켜, 이년아! 나이도 어린 게 어디서 어른 자리를 노려!"

곤란한 표정을 지으면서 비척비척 일어나려고 하는 여자.

노형진은 문득 그 여자의 가방을 보고는 한숨을 쉬었다.

'아, 귀찮은데.'

하지만 자신의 오지랖 넓은 성격은 그걸 그냥 두지 못했다.

노형진은 자리에서 일어나서 그쪽으로 다가갔다.

노형진이 일어나자마자 다른 사람이 잽싸게 앉았지만 일단 그건 중요하지 않았다.

"그만하시죠."

"뭐야, 이 새끼는?"

노형진이 다가오자 눈을 부라리면서 노려보는 노인.

노형진은 그 노인을 똑바로 바라보며 말했다.

"여기는 노약자석입니다."

"그래서!"

"이분 보면 모르십니까? 임신하셨잖아요."

노형진이 자리에서 일어나 끼어든 이유는 간단했다. 가방에 달려 있는 임산부 표시 고리 때문이다.

정부에서는 임산부 표시 고리를 줘서 배려를 받을 수 있게 해 주고 있다. 아이들이 나라의 미래니까.

그녀의 가방에는 그게 달려 있었다.

즉, 임산부라는 뜻.

"딱 보면 모릅니까?"

그리고 가까이 다가가자 확연하게 배가 나와 있는 것이 보였다.

"그래서! 뭐! 나이 어린 것이 어른 자리를 차지하라고 법에 정해져 있어?"

"여기는 노약자석입니다. 노인과 약자를 위한 자리죠. 그리고 법적으로 임산부는 약자입니다."

"아니, 대가리에 피도 안 마른 새끼들이!"

화를 버럭 내는 노인.

이것이 법이다

"저기…… 전 괜찮아요. 그냥 가셔도 돼요."

임산부는 이런 상황이 곤란한지 노형진을 말렸다.

하지만 노형진은 물러날 생각이 없었다.

이런 인간들은 철저하게 이기적이다. 다른 사람에게도 이럴 거라는 걸 알기 때문에 이참에 혼쭐을 내 줄 생각이었다.

"그냥 앉아 계세요. 제가 알아서 합니다. 이봐요, 아저씨. 노약자석은 노인과 약자를 우선합니다. 그리고 둘이 있는 경우에는 약자가 우선이고요. 왜 임산부한테 비키라고 하십니까?"

"이런 어린놈의 새끼를 봤나! 아저씨? 아저씨? 어디서 봤다고 아저씨야! 너, 나 알아!"

"모르죠."

아저씨라는 말에 발끈하는 그 모습을 보자 노형진은 기가 막혔다.

'완전히 미쳤구먼.'

아저씨라는 말은 욕 같은 게 아니다.

그런데 그걸 가지고 화를 내는 걸 보니 제대로 된 인간이 아닌 듯했다.

"거참…… 노인네가……."

결국 보다 못한 무태식도 싸움에 끼어들었다.

"아이구, 이 새끼들이 사람 패네!"

무태식까지 끼어들자 기겁하면서 고래고래 소리를 지르는 노인네.

하지만 사람들의 얼굴에는 비웃음만 가득했다.

그들도 바보는 아니다. 지금 무슨 일이 벌어지는지 알고 있고, 두 눈으로 보고 있다.

그런데 사람을 팬다니.

"태식 씨."

"네."

"경찰 불러요."

"그러지요."

무태식은 주저하지 않고 전화기를 꺼내 들었다. 그리고 바로 신고했다.

"여보세요, 경찰이죠? 여기 지하철인데 승객 중 한 명이 다른 승객들한테 행패를 부리고 있거든요. 여기 서울행…… 어디 보자…… 23423호 열차 칸입니다."

모든 열차 칸의 입구에는 번호가 붙어 있다.

그렇기 때문에 그걸 보고 신고하면 바로 경찰이 온다.

"에잉! 더러운 새끼들. 내 더러워서 안 탄다."

그런데 경찰에 신고하자 그 노인의 행동이 이상해졌다.

갑자기 열차에서 황급하게 내리려고 하는 것이 아닌가?

노형진은 그런 그를 붙잡았다.

"뭐야? 안 놔?"

"당신은 현행범입니다. 그러니까 경찰이 올 때까지 가만히 있으시죠."

"이 새끼가!"

들고 있던 지팡이로 노형진을 패려고 하는 노인네.

노형진은 그 순간 들어오는 그의 기억을 읽고는 피식 웃었다.

그가 도망갈 만한 이유가 있었던 것이다.

"때려 봐요. 그때는 단순 풍기 문란이 아니라 폭행으로 들어갈 테니까. 우리, 변호사거든요?"

그 말에 순간 멈칫한 노인.

그는 주변을 두리번거리면서 어떻게든 틈을 보아 도망가려고 했지만 그럴 수가 없었다.

"어머, 왜 저런대?"

"나이 먹고 진짜 꼴불견이다."

아무리 봐도 자신을 도와줄 사람은 없어 보였다.

하긴, 이런 상황에서 누가 도와주려고 하겠는가?

"미안하네……. 내 다시는 안 그러지……. 그냥 보내 줘."

그러자 갑자기 비굴 모드로 들어가는 노인.

하지만 노형진은 그를 놔줄 생각이 없었다.

"네, 다시는 이러지 마세요. 일단 경찰은 만나고요."

얼굴이 사정없이 일그러지는 노인.

그러는 사이 경찰이 해당 열차로 다가오자 노형진은 노인을 넘겼다.

"미안합니다. 미안합니다."

고개를 숙이면서 경찰에게 사과하는 노인.

"이봐요. 사과 대상이 틀렸잖아요."

사과를 받아야 하는 사람은 경찰이 아니라 피해자인 임산부다.

그러나 그는 경찰에게만 사과할 뿐, 그녀와 노형진에게는 하지 않았다.

'쯧쯧, 정신 못 차렸구먼.'

노형진은 혀를 끌끌 찼다.

정신을 차렸다면 모를까, 여전히 저런 꼴이라면 봐줄 이유가 없다.

"거기, 경찰 아저씨, 저 사람 신분증 좀 봅시다."

"신분증요?"

"일단 신분증을 확인해야 할 거 아닙니까? 출동했으면 과정을 지켜야 할 것 아닙니까?"

"네, 그렇지요. 신분증 주세요, 어르신."

"어르신은 개뿔."

노형진은 피식거렸다.

결국 노인은 쭈뼛거리면서 신분증을 건넸다.

노형진은 그걸 보고 피식 비웃음을 흘렸다.

물론 다분히 계획적이었다. 이미 알고 있었으니까.

"아니, 62세에 노약자석에 앉으시려고 한 겁니까? 웃기네요. 노약자석 해당자는 65세 이상 노인이거든요? 그런데 고작 62세에 이용하려고요? 그것도 법적으로 보장된 임산부를 몰아내고? 와, 진짜 웃기네."

노인의 얼굴이 확 붉어졌다.

주변에서 낄낄거리는 비웃음이 흘러나왔다.

"권리도 없으면서 권리가 있는 것처럼 굴면 좋습니까?"

"……."

완전히 까발려진 노인은 이러지도 저러지도 못하고 도망
갈 구멍만 찾았다.

'그렇겠지.'

물론 나이가 안 된다고 그가 도망가려고 한 건 아니다.

다른 이유가 있어서 경찰을 부른다고 하자 도망가려고 한
것이다. 그리고 노형진은 그걸 알고 있었다.

"승차권 좀 봅시다."

"뭐라고요?"

"경찰분들, 승차권 좀 확인하세요."

"네?"

"승차권 확인하라고요."

승차권이라는 말에 얼굴이 창백해지는 노인.

그걸 본 경찰들은 뭔가 이상하다는 얼굴이 되었다.

"아저씨, 승차권 좀 봅시다."

아까는 어르신이라고 했던 호칭이 확실히 아저씨로 바뀌
었다.

그리고 그럴수록 점점 얼굴이 창백해지는 노인, 아니 아저씨.

"아니…… 승차권은 내가 잃어버려서……."

"그러면 어디서 탔어요? 거기서 CCTV를 확인해 보면 되겠네."

그러자 노형진을 무섭게 노려보는 남자.

하지만 이미 상황은 끝난 상태였다. 경찰이 눈치챈 것이다.

"무임승차 아냐?"

"아저씨, 어디서 탔어요?"

"잘못했습니다. 잘못했습니다. 다시는 안 그럴게요."

싹싹 비는 남자.

노형진은 그런 그를 바라보는 경찰에게 다가갔다.

"그러고 보니 지하철 무임승차는 벌금이 서른 배죠, 아마?"

"……."

물론 지하철 요금 자체가 얼마 안 되니 그다지 비싸지는 않을 것이다. 아마도 한 5만 원 정도?

하지만 그것만으로도 남자는 얼굴이 창백해졌다.

물론 노형진은 그가 그냥 5만 원만 내고 이 상황에서 벗어나게 해 줄 생각이 없었다.

"그리고 지하철 무임승차는 법적으로 사기인 거 아시죠?"

"사기?"

"모르셨습니까?"

노형진은 어리둥절한 표정의 경찰들을 향해 웃으면서 명함을 건넸다.

"법무 법인 새론의 노형진 변호사입니다."

그러면서 싱긋 웃자 경찰들은 왠지 불쌍하다는 얼굴로 무임승차한 남자를 바라보았다.

"변호사님이 사기라면 사기겠죠. 일단 현행범으로 갑시다."

"자, 잠시만요……. 잘못했습니다. 잘못했습니다."

하지만 경찰들은 이미 그를 끌고 가고 있었고, 그가 나가자 문이 닫히면서 열차가 출발하기 시작했다.

그리고 그 순간.

짝짝짝.

누군가 치기 시작한 박수.

박수 소리는 점점 커져 갔다. 사람들이 모두 노형진에게 박수를 보내기 시작한 것이다.

"완전 시원했어요."

"와, 꼰대. 진짜 싫다."

"브라보!"

노형진은 그런 그들을 보면서 머쓱하게 웃었다.

"노 변호사, 아주 유명인이야."

"쩝……."

노형진은 다음 날 출근해서 머쓱하게 머리를 긁었다.

어제 있었던 일이 인터넷에 파다하게 퍼진 것이다.

"그래도 이름은 안 나왔잖습니까?"

"그래도 말이야, 하하하."

사람들은 쌤통이라고, 속이 시원하다고 말하면서 킬킬거렸다.

"그나저나 참 슬픈 일일세."

"뭐가 말입니까?"

"노인 문제 말이야. 이렇게 사회에 적응을 못하니, 원."

"글쎄요. 그건 노인이 문제가 아니라 개인이 문제입니다. 어제 그 인간도 노인은 아니었고요."

사회가 바뀌면 사람도 적응하기 위해서 노력해야 한다.

그런데 노인들은 과거만 생각할 뿐, 현대에 적응하려고 하지 않는다.

물론 그들이 나이를 먹으면서 적응 능력이 떨어지는 것도 사실이다.

하지만 그들이 벌이는 행동은 그것만으로는 변명이 안 된다.

"사회에 적응하라고 해서 인터넷을 이용하고 청년들을 완전히 이해하라는 건 아닙니다. 하지만 최소한의 상식은 따라야지요."

그런 노인들이 욕먹는 건 그들이 적응하지 못해서가 아니라 그들이 상식을 따르지 않아서이다.

이번에도 그렇다.

임산부는 과거에도 보호 대상이었고 현대에도 그렇다. 그런데 그는 나이를 빌미로 그녀를 공격했다.

상식적으로 있을 수 없는 일인 것이다.

"존경은 행실에서 나오는 겁니다. 나이가 아니라요."

"그건 그렇지."

송정한은 격하게 공감한다는 표정이었다.

송정한 역시 늙어 가는 처지다. 그의 나이는 노인과 청년의 사이.

그렇다 보니 어른스러운 청년도 있다는 걸 알고 반대로 같지도 않은 노인이 있다는 것도 안다.

"나이가 많다고 무조건 존경받을 수 있는 건 아니니까."

"그렇지요."

"그런 의미에서 자네, 사건 하나 담당하는 게 어떤가?"

"네? 아니, 이야기가 왜 그렇게 됩니까?"

"뭐, 이런 일이 없었어도 자네한테 들어가기는 할 사건이었는데."

"어려운가 보군요."

노형진은 눈살을 찌푸렸다.

물론 어려운 사건을 담당하는 것이 노형진이기는 하다. 하지만 '이참에'라는 것은 노인이 끼었다는 소리다.

"자네도 얼마 전에 들었지, 신진혁 사건?"

"알죠. 설마 그게 이쪽으로 온 겁니까?"

"그래."

신진혁 사건은 노인 폭행 사건이다.

신진혁은 한창 잘나가는 남자 배우인데 얼마 전 갑자기 나이 여든 먹은 노인을 폭행해서 구설수에 올랐다.

당연히 언론에서는 그를 마치 죽일 놈처럼 때려잡았고, 그의 배우 생명은 끊어질 판이었다.

"그게 왜 우리 쪽으로 왔어요?"

"사건이 좀 복잡해서."

"복잡?"

"그래, 이게 말이야…… 정당방위까지는 아닌데 의협심에서 발생한 거란 말이지."

"의협심?"

"그래."

송정한은 노형진에게 사건을 설명했다.

신진혁은 옛날부터 무척이나 의협심이 강했다고 한다.

그런데 하루는 촬영장 근처에서 소방서 앞에 차를 대고 있는 노인을 발견한 것이다.

소방서 앞에 차를 대면 당연히 비상시 소방차가 출동하지 못한다.

더군다나 싼 것도 아니고 무려 수입 외제 차였다.

당연히 소방관 입장에서는 이러지도 저러지도 못한다. 부수고 나가면 수억 원을 소방관이 물어내야 하니까.

그렇다고 견인차를 부르자니, 오는 시간 동안 도대체 얼마나 죽을지 알 수 없는 게 현실이다.

"신진혁은 그걸 그냥 넘기지 못한 거지."

"그래서 한 소리 한 거군요."

"그래. 결국 실랑이가 벌어진 모양이야."

그 와중에 노인은 신진혁의 옷을 갈가리 찢어 놓기까지 했다.

"그런데요?"

"어찌어찌 주변에서 말려서 그 둘을 떼어 놓기는 했는데……."

"저항하다 보니 쌍방이 된 거군요."

"그렇지."

"미친놈들."

대한민국은 상대방이 죽이려고 하면 그냥 죽어 줘야 한다. 정당방위를 인정하지 않기 때문이다.

지금도 그렇다.

사람을 패면서 옷을 갈가리 찢으면 당연히 그는 저항한다. 그런데 그러면 쌍방이 되는 것이다.

"하여간 일단 상대방이 노인이고 그러니까 신진혁은 그냥 가려고 차에 탔나 봐. 그런데 그 인간이 움직이는 차에 뛰어든 거지."

"흠……."

대충 상황이 이해가 갔다.

일단 떼어 놓는 데 성공했고 한 명은 차에 탔으니 일이 수

습된 거라 느꼈을 것이다.

"그런데 갑자기 뛰어든 거군요."

"그렇지."

"대충 알겠습니다."

노형진은 고개를 끄덕거렸다.

그 이후에 벌어진 일에 대해서는 그도 알고 있다.

하긴, 언론에서 대대적으로 사람을 죽이려는 듯 물어뜯었으니 모를 수가 없기는 하다.

신진혁이 사람을 태우고 시속 100킬로미터로 질주했다는 둥 사람을 치고 도주하다가 잡혔다는 둥, 워낙 말이 많았던 탓이다.

"형사로 고발하는 건 문제가 안 돼. 하지만……."

"인민재판이 문제군요. 이 망할 기레기들, 한번 손봤어야 하는데."

"그러게 말이야."

기자들 특히 가십지에 가까운 스포츠 계열의 신문들은 아주 대놓고 신진혁을 죽이려고 덤벼들었다.

"그런데 그곳에 기자가 없었습니까?"

"한 명인가 있었다고 하더군. 때마침 해당 촬영을 취재하러 왔다가 찍어 간 모양이야."

"네?"

고작 한 명이라고?

하지만 이 소식은 수십 개 신문에서 매일같이 나가고 있는 것들이다.

"나머지 기자들은 그냥 막 퍼 나른 거지."

"헐."

노형진은 머리를 절레절레 흔들었다.

물론 뒷북 뉴스 쪽을 만들면서 신문사들에 대해서 잘 알게 되었다. 하지만 그쪽에서도 규칙이 있다.

"검증도 안 해 본답니까?"

"하겠나?"

"하긴…… 할 리 없죠."

일은 하기 싫고 취재하러 가기는 귀찮다. 그러니 자극적인 소재가 나오면 무조건 베끼고 보는 것이다.

'기자들이 얼마나 땡보인지 알면 과연 국민들은 기사를 믿을 수 있을까?'

기자들 중에는 분명히 발로 뛰면서 열심히 취재하는 사람도 있다.

하지만 아직도 많은 기자들이 그냥 자극적인 뉴스를 받아 쓰면서 일을 한다.

그걸 만드는 데 걸리는 시간은 채 한 시간도 되지 않는다.

그러면 나머지 시간은 놀든가 찜질방에서 시간을 때우는 것이다.

'그리고 그런 녀석들은 기자라고 할 수도 없고.'

문제는 그런 녀석들이 잘려야 해결된다는 것이다.

하지만 그런 녀석들은 상부에 뇌물을 주거나 딸랑거리면서 점수를 딴다.

결국 스스로 고생하면서 취재하는 기자들만 인정받지 못하고 바닥을 기게 된다.

"결국 이미 인민재판이 결정된 게 문제군요."

"그렇지."

이미 국민들은 그를 죽일 놈이라고 생각하고 있다.

'와, 이거 골 때리네…….'

노형진은 얼굴을 찌푸렸다.

이런 사건은 흔하게 벌어진다.

그런데 이렇게 인민재판이 끝난 후면 사건은 완전 골 때리는 방향으로 흘러 버린다.

전에도 한번 겪었지만, 인민재판은 재판에서 이겨도 피해자가 재기하지 못하기 때문이다.

"서정훈 교수 때도 인민재판 때문에 고생했는데요."

"알고 있네. 그만큼 어렵지. 이미 판결 난 걸 뒤집는 셈이니까."

서정훈 교수는 과거 강간 누명을 뒤집어쓰고 학교에서 쫓겨날 뻔한 교수였다. 하지만 노형진이 가까스로 사건을 뒤집었다.

"그때도 사실상 인민재판을 다른 사건으로 덮은 건데……."

"그러니까 문제지. 이번에는 다른 게 없어."

그 당시 서정훈 교수는 강간의 죄를 뒤집어썼다. 하지만 알고 보니 그건 애초부터 철저하게 준비된 것이었고, 그 과정에서 과거 서정훈 교수가 정자를 저장한 것이 문제가 되어서 시끄러워졌다.

'그때도 그거 아니었음 못 뒤집었는데.'

아이들이 관련된 일이라 엄청나게 언론을 탈 수 있었고 그래서 여론을 뒤집을 수 있었다.

"그때와는 상황이 다르니까 아무래도……."

"그렇지요."

그때는 일단 기자들과 언론은 중립이었다.

국민들이 인민재판을 하기는 했지만 기자들이 딱히 한쪽 편을 들어 준 건 아니다.

"하지만 이 사건은 기자가 나서서 조작한 셈이니……."

"그렇지."

다른 사건이 있는 상황에서 그나마 중립적이었던 기자들을 이용하는 게 아니라 애초에 기자들과 싸워야 한다.

"미치겠네요."

"방법이 없겠나?"

"인민재판을 뒤집는 건 쉬운 일이 아닙니다."

"그 자네가 만든 뒷북 뉴스도 있지 않나?"

"확실히 도움이 되겠지요. 하지만 확실하게 임팩트가 없으면 사람들에게 밀립니다. 사람들은 자극적인 걸 찾으니까요."

"이거 참 고민이군. 그래도 서정훈 교수 때는 뒤집는 데 성공했는데."

"서정훈 교수 때는 기자들과 전면전을 하지는 않았습니다."

"기자들이라……."

"대한민국에서는 기자란 이름이 실질적으로 권력으로 인정받으니까요."

"끄응……."

실제로도 수많은 기자들이 기업에 찾아간다.

물론 취재를 위해서 찾아가는 게 아니다. 그들은 기업에 찾아가서 돈을 요구하고, 만일 거절하면 그 기업에 나쁜 글을 쓴다.

"기자들을 어떻게 하지?"

"그러게요. 그들은 너무 자기들만의 권력을 추구하는 편이라서……."

"저작권 쪽도 그렇고."

"하아."

저작권이라는 말에 노형진은 한숨이 나왔다.

얼마 전 자살 건으로 생난리를 친 기자들 때문이었다.

"아니, 가수들은 무슨 죄래요?"

"그러게 말이야."

얼마 전 학생 한 명이 불법 공유로 자살했다.

그러자 기자들은 그를 고소했던 가수, 아니 소속사를 마구 물어뜯었다.

돈독이 올라서 학생을 고소한다고 말이다.

"아니, 학생인지 어떻게 알라는 거야?"

"그러게 말입니다."

그런데 여기서 논리적 오류가 발생한다.

회사 입장에서는 무단으로 자기네 가수들의 앨범을 복제하여 판매하는 인간이 성인인지, 미성년자인지, 여자인지, 남자인지, 한국인인지, 외국인인지 알 수가 없다.

고소란 그걸 확인하려고 하는 것이다.

그런데 어떻게 그걸 가지고 학생에게 돈을 뜯어내려고 했단 말인가?

논리적으로 말도 안 되는 소리다.

하지만 기자들은 논리에는 관심도 없었다.

"그러니까 왜 돈을 안 준다고 해서……."

"끄응."

사실 거기까지는 이해가 간다.

문제는, 기자들이 그렇게 글을 쓴 이유가 그 소속사에서 가서 협박을 했다가 거절당했기 때문이다.

애초에 불법 복제를 해서 팔아먹는 애들이 하나만 할 리 없다.

그 자살한 아이의 경우 복제해서 팔아먹은 양이 무려 오백 개가 넘었다. 종류도 소설부터 만화, 영화, 드라마, 음악까지 다양했다.

그리고 고소당한 건만 마흔다섯 개가 넘었다.

그러면 자살은 그 애 잘못이지, 고소한 기업 잘못이 아니다.

"기레기랑…… 전면전이라……."

노형진은 곰곰이 생각에 빠졌다.

"그냥 포기할까?"

"아니요. 그럴 수는 없습니다."

노형진은 고개를 흔들었다.

"이번에 물러나면 끝도 없이 물러나야 할 겁니다. 기자들의 속성을 아시잖습니까?"

"하긴…… 우리가 물러난다고 해서 그쪽에서 반성할 리 없지."

외부에서 시도하는 정화도 통하지 않는데 내부에서 자정이 된다?

그건 말도 안 되는 개소리다.

"더군다나 신진혁 씨 같은 경우에는 그렇게 되면 재기가 불투명해집니다."

"흠……."

아무리 귀찮다고 해도 의뢰인의 수익을 위해서 최선을 다해야 하는 게 변호사다.

만일 여기서 물러나면 의뢰인인 신진혁은 치명적인 타격을 입게 된다.

"하죠."

"가능하겠나? 계획은?"

"솔직히 말하면⋯⋯."

노형진은 고개를 흔들었다.

"없습니다."

"없어?"

"닥치면 하는 수밖에 없네요."

노형진은 어깨를 으쓱할 수밖에 없었다.

⚖

"형진아!"

자신을 보고 갑자기 얼굴이 환해지면서 덥석 포옹해 오는 신진혁을 보면서 노형진은 당황했다.

"어⋯⋯ 어⋯⋯."

"이야, 너 변호사 한다더니 신수가 환해졌구나."

"저⋯⋯ 혹시 저 아십니까?"

"뭐야? 너 성공했다더니 쌩 까냐?"

"죄송합니다. 기억이 잘⋯⋯."

노형진은 도무지 눈앞에 있는 의뢰인이 기억이 나지 않았다.

더군다나 반말을 하는 거 보면 상당히 친했던 것 같은데.

'누구지? 누구지?'

아무리 생각해도 기억이 나지 않는 신진혁.

노형진이 어리둥절한 모습으로 바라보자 신진혁은 큰 소리로 웃었다.

"하하하…… 못 알아볼 만하기는 하지. 나 만두다. 만두!"

"만두? 만두? 잠깐, 만두? 신성일? 네가 왜…….."

만두는 초등학교 친구다.

아버지가 만두 가게를 했기 때문에 만두라는 별명이 있었다.

물론 둥글둥글한 것이 만두처럼 생기기도 했지만 말이다.

그런데 그러면 이상한 점이 한두 개가 아니다.

"어…… 반갑다? 그런데 왜 이름이 신진혁이야?"

"신성일은 너무 유명하잖아. 그래서 가명을 쓴 거야."

"아."

신성일은 아주 오래된 대선배 배우 이름이다.

그러니 아무래도 사용하기가 꺼려진 모양이었다.

"그래서 이참에 개명했다."

"그래? 그런데 생긴 것도 많이 바뀌었는데? 아무리 자라면서 얼굴이 바뀌었을 수도 있다지만 일단…… 쌍꺼풀도 생긴 것 같고…… 코가 좀 높다? 너 원래 납작한 코였잖아. 그래서…….."

노형진이 더 말하려고 하자 잽싸게 목을 잡고 당기는 신진혁.

"쉿! 비밀이야, 비밀……. 과학기술 몰라, 과학기술?"

"과학기술? 아…… 과학기술…….."

노형진은 그 말을 알아듣고는 고개를 끄덕거렸다.

하긴, 요즘 연예인 중에서 과학기술의 힘을 빌리지 않은 사람이 얼마나 되겠는가?

"어쨌든 반갑다. 이렇게 다시 만날 줄은 생각도 못 했네."

"뭐, 만난 건 반가운데, 그다지 반가운 상황은 아닌 것 같다?"

노형진의 말에 신진혁은 씁쓸한 얼굴이 되었다.

그럴 수밖에 없다. 연기자로서의 자신의 생명이 풍전등화인 꼴이니 반가운 상황이라고는 절대 말할 수가 없다.

"그러고 보니 너도 참 오지랖이 끝내줬지."

"하하하."

노형진도 오지랖이 넓은 편이지만 신진혁도 학교 다닐 때 오지랖이 넓은 편이었다.

다만 다른 점은 노형진은 두뇌 플레이에 능했고 신진혁은 직접적으로 움직이는 걸 좋아했다는 정도?

"중학교에서 대형 사고 치고 그만뒀다는 소식은 들었는데."

노형진은 피식 웃었다.

'하긴, 대형 사고이기는 했지.'

담임을 감방에 보낸 것만으로도 모자라 학교를 감사 받게 만들었으니 동기들에게 연락이 가지 않았을 리 없다.

"하여간 그래도 덕분에 네가 유명해져서 간간이 소식은 들었지."

"그런데 연예인은 어떻게 된 거야?"

"뭐, 어쩌다 보니."

커서 만둣집을 이을 거라고 하던 놈이 연예인이라니 기가 막혔지만 일단 중요한 건 그게 아니었다.

"뭐, 일단 개인적인 이야기는 나중에 하자. 지난번에 말한 그것에 대해서 좀 듣고 싶은데."

"그날 사건?"

"그래."

"그때도 말했지만……."

신진혁은 노형진에게 다시 말하기 시작했다.

일단 노형진도 본인에게 확실하게 듣는 것이 중요하기 때문에 그의 말에 집중했다.

'비슷하네.'

하지만 딱히 다른 것은 없었다.

"그래서 그 노인은 뭐래?"

"병원에 누워서 살려 달라고 고래고래 소리를 지르고 있지."

"살려 달라고?"

"응."

"누가 죽인대?"

"뻔하지."

상대방이 돈이 많아 보이니 돈을 뜯어내려고 하는 것이다.

"돈이 400억이나 있으면서 그러고 싶을까?"

"뭐? 400억?"

"그래. 그 동네 유지더라."

이런 것은 절대 뉴스에 나오지 않는 사항이다.

당연히 노형진 입장에서는 꼭 필요한 정보였다.

"나도 나중에 알았는데 그 동네 진상으로 아주 유명하대."

"진상?"

"그래."

생각해 보니 그렇다.

재산이 400억에 독일산 수입 차를 끄는 노인이 주차장이 없어서 소방차 앞에다가 차를 댄다는 게 말이 안 된다.

"그러니까. 나도 어이가 없다니까."

하여간 그의 말에 따르면, 그 당시 말리던 소방관의 말을 들어 보니 동네에서 아주 소문난 진상이라고 한다.

"흠……."

노형진은 그 말을 들으면서 곰곰이 생각에 빠졌다.

"그래서 그쪽에서 뭐래?"

"4억."

"뭐라고?"

"합의금으로 4억 달래."

"뭔 개소리야?"

사람이 조금 다친 것뿐이다.

그마저도 자신이 출발하는 차에 몸으로 뛰어들어서 생긴 것이다. 말 그대로 자해 공갈이다. 그런데 4억이라니.

"내가 돈이 엄청 많은 줄 아나 봐."

"아니냐?"

"물론 내가 성공하기는 했지. 하지만 너도 뭐 소문 들어 보니까 기획사가 좀 있다면서?"

"내 기획사는 아니고, 뭐 투자는 한 셈이지만…… 대충 알겠네."

아무리 노형진이 표준 계약서를 고치려고 한다고 해도 연예인이 되기 위해서는 아무래도 투자 비용이라는 것이 있다.

그리고 소속사 입장에서는 그게 회수될 때까지 연예인에게 줄 수 있는 돈이 아무래도 한정되어 있다.

'그건 어쩔 수 없지.'

그렇기 때문에 노형진이 만든 표준 계약서도 초반에는 절대적인 비율이 아니라 최소한 10% 정도는 주도록 되어 있는 것이다.

그것만 해도 연예인은 살 수 있기 때문이다.

회사가 살아야 일단 연예인도 활동이 가능하니까.

"뭐, 나도 좀 받기는 하는데, 그게 수익이 되겠냐?"

"하긴."

아무리 그가 성공했다고 해도 그는 가수가 아니라 연기자다.

가수는 행사가 많아서 단시일 내에 수익을 내고 투자금을 환수할 수 있지만 연기자는 그게 쉽지 않다.

"일반인은 그런 걸 모르지."

"그렇지."

"그래서 4억?"

"그래."

"전형적이구먼."

상대방이 유명하면 갑과 을은 바뀐다.

상대방이 유명하고 공인이라는 점을 이용해서 터무니없는 요구를 하는 경우가 많기 때문이다.

특히 연예인들은 이미지 관리가 최우선이니까.

'아무리 이미 망가지고 있는 이미지라고 해도 말이지.'

노형진은 일단 그 부분은 넘어가기로 했다. 줄 리 없으니까.

"그나저나 그 말이 사실이야?"

"뭐가?"

"사람을 태우고 시속 100킬로미터로 질주했다며?"

"무슨 미친…… 거기서 100킬로미터? 장난해? 거긴 30킬로미터나 나오면 다행인 동네야. 시내 한복판에서 무슨. 고속도로도 아니고."

"하긴."

소방서는 교통의 요지에 설치된다. 그래야 사방으로 바로 출동할 수 있기 때문이다.

반대로 말하면 소방서가 있는 곳은 차들이 많이 다니는 곳이라는 뜻이고, 결과적으로 제대로 속도를 내기 힘들다는 뜻이기도 하다.

"막 출발하는데 앞으로 뛰어들어서 매달리더라. 기겁해서 브레이크 밟았다. 한 20미터나 갔나?"

"끝?"

"그래."

그런데 기사에서는 신진혁이 노인을 매달고 시속 100킬로미터로 도주한 것으로 되어 있다.

말도 안 되는 소리다.

"하아."

"왜?"

"그냥…… 뭔가 이상해서."

이렇게 악의적으로 일이 진행된다는 것은 말도 안 된다.

노형진은 직감이 오기 시작했다.

"야! 벌써 어디 가? 간만에 만났는데 좀 이따가 가지?"

"이봐여, 아저씨. 나 지금 네 사건으로 머리 아픈 변호사거든! 너랑 놀면 뭐 하냐? 사건 해결해야지."

"쩝."

신진혁은 입맛을 다셨다.

"야, 나중에 술 한잔하자."

"나 술 안 마셔."

노형진은 그에게 손을 흔들면서 대기실에서 나왔다.

미심쩍은 구석이 있었기 때문이다.

'그걸 확인해 봐야겠어.'

노형진은 나오자마자 바로 소속사로 방향을 돌렸다.

신진혁의 소속사는 노형진이 만든 협회에 속한 곳 중 하나였다.

그래서 노형진은 오자마자 극진한 대접을 받았다.

"오랜만에 뵙습니다."

"그러게요."

신진혁의 소속사는 신진혁을 비롯해서 성공한 연예인을 세 명쯤 데리고 있다.

그래서 그들은 외부에 사무실을 구해서 일하는 중이었다.

공동 사무실을 사용하기에는 일단 이제 일이 너무 많아졌기 때문이다.

하지만 여전히 공동 연습실은 쓰고 있는 상황. 아직도 연습생은 많으니까.

"노 변호사님이 이 사건을 담당하실 줄은 몰랐습니다."

노형진은 그냥 씩 웃었다.

그걸 모르기는 했겠지만 기대는 했을 것이다. 일단 노형진이 거기에 투자한 사람이니까.

"뭐, 어려운 사건이니까요."

"으음……."

그걸 알고 있는 사장은 자신도 모르게 신음 소리를 냈다.

그건 그도 익히 실감하고 있는 사실이다.

"그런데 사건을 보니 좀 이상해서요."

"이상해요?"

"기자가 아무리 봐도 너무 극단적으로 악의적이라서요."

물론 자극적인 기사를 쓰는 것도 기자들이다.

하지만 아무리 기자들이라고 해도 섣불리 이렇게 악의적인 기사를 마구 쓰지는 않는다. 더군다나 말도 안 되는 소리까지 넣어 가면서 말이다.

"제가 모르는 뭔가 있지요?"

"그게……."

"사실대로 말씀해 주십시오. 우리가 뭐든 알아야 대응할 거 아닙니까?"

노형진의 말에 사장은 한숨을 쉬었다.

"그러면…… 이건 비밀로 해 주십시오. 이거 드러나면…… 우리 망합니다."

"망한다고요?"

"네."

"뭔데요?"

"사실은…… 처음에 기자가 와서 돈을 요구했습니다."

"네? 돈요?"

"네."

'라이트 비전'이라는 인터넷 신문의 기자라고 했다.

그런데 그날 신진혁이 드라마 촬영이 있는 걸 알고 취재하러 갔다가 현장을 목격한 것이다.

"그런데요?"

"다음 날 와서 우리한테 광고를 좀 달라고 하더군요."

"광고요?"

"네."

일반적으로 대부분의 언론사는 광고로 먹고산다. 그러니 광고를 파는 것이 중요한 사업이다.

그건 대형부터 소형까지, 언론사라면 어쩔 수 없는 현실이다.

"얼마나요?"

"사흘에 1억 5천요."

"말도 안 되는 소리를 했군요."

"네."

1억 5천만 원은 결코 적은 돈이 아니다. 그런데 그걸 다짜고짜 와서 요구하다니.

더군다나 라이트 비전은 노형진도 처음 들어 보는 회사다.

노형진이 뒷북 뉴스를 준비하면 언론사에 대해서 좀 알게 된 편인데도 몰랐다는 건 터무니없이 규모가 작다는 소리다.

그런데 사흘에 1억 5천이라니, 말도 안 되는 가격이다.

"안 그러면 어저께 있었던 일을 터트리겠다고요."

"라이트 비전이라⋯⋯?"

"그다지 질 좋은 곳은 아닙니다."

"흠······."

노형진은 고개를 끄덕거렸다.

노형진이 인터넷 신문사들과 연합해서 일종의 공동체를 만들자고 한 이유 중 하나가 바로 이런 곳들 때문이다.

기자라는 이름을 달고 협박하는 놈들을 퇴출시키기 위해서 말이다.

"제대로 기레기한테 걸린 셈이군요."

"네."

그들은 기자라는 점을 이용해서 협박한다.

돈을 달라, 그러면 나쁜 기사는 쓰지 않겠다는 식으로 말이다.

"당연히 거절했지요. 하지만 그렇게 악의적으로 쓸 거라고는 생각도 못 했습니다."

"쩝······."

송정한과 이야기했던 기레기 문제가 갑자기 툭 튀어나오자 노형진은 한숨만 나왔다.

"그래서 지금은 뭐랍니까?"

"뭐라고 하긴요. 우리를 죽이려고 달려들고 있죠."

"그렇겠지요."

그래야 이후에는 다른 소속사들이 거절하지 못할 걸 아는 것이다.

"어쩐지⋯⋯."

이상하게 집요하다고 할 정도로 악의적이라고 생각했더니 그런 이유가 있었던 것이다.

"해결 가능하겠습니까?"

"혹시 녹음 파일 있습니까?"

"있을 리가 있나요? 그리고 있다 하더라도 그거 터트리면 보복이 들어옵니다."

"하긴⋯⋯."

그런 언론사들은 나름대로의 라인이 있다.

카르텔까지는 아니지만, 그렇다고 자기들의 비밀을 까발리는 곳을 그냥 두지는 않는다.

"그걸 까발리면 다른 기레기들이 공격하겠군요."

"네."

"흠⋯⋯."

결국 증거도 없고, 있어도 절대로 공개할 수 없고 공개해서도 안 된다는 소리가 된다.

"오죽 갑갑하면 제가 새론에 도움을 청했겠습니까?"

노형진은 고개를 끄덕거렸다.

"알겠습니다. 제가 방법을 강구해 보지요."

그렇게 노형진은 기레기들과의 전면전을 시작했다.

　노형진이 가장 먼저 찾아간 곳은 사건이 발생한 소방서였다.

　"좁네."

　소방서는 구급차 한 대와 소방차 두 대가 있는 규모였다. 그리고 입구는 왕복 4차선 도로.

　"100킬로미터? 미쳤구먼."

　노형진은 그곳을 보면서 혀를 끌끌 찼다.

　신진혁의 말대로 시속 30킬로미터도 내기 힘든 곳이었다.

　바로 근처에 학교가 있어서 저속 운행 구간이 있는 데다가 신호등까지 많아서 심심하면 신호에 걸리는 공간이었기 때문이다.

　"이 자리인가?"

노형진이 입구에 서서 사건이 벌어진 곳을 바라보고 있자 바깥에서 장비를 정리하던 소방관 한 명이 다가왔다.

"누구십니까?"

"아, 안녕하세요. 노형진이라고 합니다. 신진혁 씨 변호를 담당하고 있습니다."

"아, 신진혁 씨요. 하아, 죄송해서 어쩌죠."

소방관은 그의 말에 미안한 표정이 되었다.

자신들로 인해 신진혁이 고생하는 걸 알고 있었기 때문이다.

"그때 있었던 일을 좀 자세하게 듣고 싶은데요."

"뭐, 하루 이틀도 아니고."

"하루 이틀이 아니다?"

"네. 그 노친네 완전 진상이에요."

이 지역 유지인 그는 말도 안 되는 요구를 하는 경우가 많았다고 한다.

마음 같아서는 고발이라도 하고 싶었다고 한다.

'흠…… 그 부분은 진혁이의 말이 맞네.'

신진혁도 그 노인이 엄청난 진상이라고 들었다고 했다.

"그럼 그날 왜 소방서 앞을 가로막은 겁니까?"

"그게……."

"말씀하세요."

"사실은…… 말도 안 되는 부탁을 했는데 저희가 거절했거든요."

"말도 안 되는 부탁?"

"네."

"무슨 부탁요?"

"자기네 집에 있는 실내 수영장에 물을 채워 달라고 하더군요."

"네?"

노형진은 자신의 귀를 의심했다.

소방서에 와서 자기 실내 수영장에 물을 채워 달라고 했다고?

그런 노형진의 표정을 본 소방관은 한숨을 푹 쉬었다.

하긴, 상식적으로 말이 안 되는 소리니까.

"그 노인은 부자입니다. 재산이 한 400억쯤 되죠."

"들었습니다."

"그런데 그 사람 집에 수영장이 두 개가 있습니다. 여름에 쓰는 실외 풀장이랑 봄, 가을, 겨울에 쓰는 실내 풀장."

"헐."

그 정도면 엄청난 고가 주택이라는 소리다.

"그런데요?"

"이제 가을이라서 실외 수영장은 사용하지 못하지 않습니까?"

"그렇지요."

"그러니까 실내 수영장에 물을 채워 달라고 하더군요."

"아니, 그 부탁을 왜 소방관한테 합니까?"

고개를 까딱하면서 뒤에 있는 차량을 가리키는 소방관.

노형진은 그 차량을 보고 기가 막혀서 말이 안 나왔다.

"설마 소방차로 물을 채워 달라고 한 겁니까?"

"네."

"아니, 무슨 말도 안 되는 개소리예요?"

소방차는 당연히 불을 끌 때 쓰는 차다. 불러서 물을 채우는 용도가 아니다.

"말도 안 되는 소리죠. 그 수영장을 채우려면 저걸로 못해도 열 번은 왕복해야 하는데."

일반적으로 소방용 살수차는 일정량의 물을 채우고 다닌다.

만일 출동한 후에 물이 없으면 주변에 있는 긴급 배관에 연결해서 불을 끈다.

당연히 그 물을 채우는 데에는 돈이 들어간다. 그냥 아무 물이나 퍼서 쓸 수 없으니 수돗물을 써야 하기 때문이다.

"어차피 공짜 아니냐고 막 성화를 부리더군요."

"공짜가 아니죠."

그건 절대 공짜가 아니다. 그걸 사용한 만큼 세금에서 나가는 것이다.

자기가 직접적으로 내야 하는 것이 아니라고 해서 공짜인 것은 아니다.

"하여간 물값 문제가 없다고 해도, 미쳤습니까, 불 끄러 다녀야 하는 소방차가 남의 집 수영장에 물을 채워 주고 있게?"

기본적으로 소방차가 움직이는 건 긴급 상황이어야 한다.

그런데 그런 차가 부잣집 수영장에 물을 채워 주느라고 불났을 때 출동하지 못하면 큰 문제가 된다.

"그래서 거절한 겁니까?"

"네."

일반적으로 살수차를 부르는 비용은 한 번에 40만 원 선이다.

만일 살수차를 동원해 그 수영장 물을 채운다면 열 번 정도 들어가는 크기라고 했으니 400만 원 정도 되는 것이다.

그리고 그 노인네는 그 돈이 아까웠던 것이고.

"그러니까 그 짓을 하기 시작하더군요. 사실 벌써 이레째 그 짓거리를 했습니다."

"이레나요?"

"네."

"고발했습니까?"

소방법 112조에 따르면, 소방서의 입구를 주차나 기타 방법으로 막으면 3년 이하의 징역 또는 1,500만 원 이하의 벌금을 내도록 되어 있다.

"했죠."

"그런데도 합니까?"

"말씀드렸잖아요, 지역 유지라고."

어깨를 으쓱하는 그를 보면서 노형진은 그 고발 처리가 제대로 이루어지지 않았다는 사실을 알아차렸다.

"처벌이 안 이루어졌군요."

"처벌요?"

코웃음을 치는 소방관.

고발을 했지만 그들에게 돌아온 말은 쓸데없는 짓 하지 말라는 소리뿐이었다. 민원이 들어오면 자신들만 곤란하다면서 말이다.

사실 무서운 건 민원이 아니라 그 노인네였을 것이다.

"그래서 결국 그 꼴이 난 거죠."

"거참……."

노형진은 고개를 절레절레 흔들었다.

자신이 생각하던 것과는 전혀 다른 양상이었기 때문이다.

"도리어 우리한테 그러더군요, 매일 출동하는 것도 아니니 날 잡아서 물 좀 채워 주라고."

"아니, 무슨 화재가 날 잡아서 난답니까?"

"내 말이요."

완벽하게 화재가 안 난다는 보장만 있으면 더러워서 채워 주고 싶다는 생각도 했단다.

하지만 화재는 언제 어디서 날지 알 수 없는 일이다. 그런데 어떻게 채워 주란 말인가?

"그러다가 이 사달이 난 거군요."

"네."

노형진은 고개를 끄덕거렸다.

'어쩐지 이상하다 싶었어.'

이것이 법이다

일반적으로 소방서 앞에는 차를 대지 않는 것이 상식이다.

그리고 설사 댄다고 해도 발각되면 슬쩍 빼는 것이 인지상정이다.

그런데 그 노인은 신진혁과 싸우면서까지 차를 빼지 않으려고 했다. 이상한 일이었다.

그래서 노형진이 여기까지 온 것이다.

"그런데 그 노인네가 아직도 병원에 있다면서요?"

"네, 4억 달라고 하더군요."

"4억요? 미친놈."

소방관은 혀를 끌끌 찼다.

하지만 그 인간이라면 그러고도 남지 하는 표정이었다.

"귀신은 뭐 하나, 그런 녀석 안 잡아가고."

"그래도 그 녀석이 부르면 가야 하지 않습니까?"

"그러게 말입니다."

소방관은 참으로 안타까운 얼굴이었다.

마음 같아서야 안 가고 싶지만 안 갈 수는 없지 않은가?

"그러고 보니 그 노인네 이름이…… 이철수인가 그랬죠?"

"아니, 이름도 모릅니까?"

"맨날 와서 진상만 부리니 사람들이 이름으로 부릅니까? 맨날 꼰대니 미친놈이니 그러지."

"하긴……."

그렇게 미친 놈을 누가 사람처럼 이름으로 부르고 싶어 할까?

"그래서 어쩌실 생각입니까?"

"글쎄요……."

일단 왜 사건이 벌어졌는지는 대충 알겠다.

'그러면 지금부터 중요한 건 두 가지인데.'

첫째, 그 노인에게 적절한 처벌을 내리는 것.

그래야 다시는 이런 짓을 못 한다. 그리고 배상해 달라는 소리도 못 할 것이다.

둘째는 어떻게든 기자들이 벌여 놓은 인민재판을 뒤집는 것.

'둘 다 어려운 건데…….'

그 노인네를 처벌하는 것도 어렵다.

소방관의 말을 들어 보니 그 노인네를 고발했어도 해당 경찰서에서 무마해 버렸다고 했다.

그렇다는 건 위와 상당히 친밀하다는 뜻이다.

'고발해 봐야 의미가 없겠어.'

설사 고발한다고 해도 이런 경우는 도리어 역습당하기 쉽다.

'골 때리네.'

노형진은 무심결에 소방차를 바라보았다.

그리고 뭔가를 발견하고는 눈을 반짝였다.

"저게 뭡니까?"

"어떤 거요?"

"저거요. 맨 앞 유리창에 붙어 있는 거요."

"블랙박스 아닙니까?"

소방관의 말에 노형진은 주먹을 불끈 쥐었다.

자신의 생각이 맞았기 때문이다.

"저기요, 부탁 하나 해도 될까요?"

"어떤 거요? 어려운 게 아니라면야."

"출동 기록을 보고 싶습니다."

"출동 기록?"

"네."

"흠⋯⋯."

소방관은 잠깐 생각에 잠겼다.

딱히 비밀은 아니지만 그렇다고 남에게 보여 주기도 뭐한 것이다.

"좋은 겁니다."

"좋은 거라니요?"

"당연히 여러분들에게 좋은 거지요, 후후후."

노형진은 잔인한 미소를 보였다. 그리고 그걸 본 소방관은 등골이 오싹했다.

⚖

"쯧쯧, 누구 하나 곡소리 나겠구먼."

"네?"

송정한은 노형진의 얼굴에 생긴 미소를 보면서 혀를 끌끌 찼다.

"아니, 무슨 말씀이세요? 제가 무슨 킬러인가요?"

"킬러는 아니지만 자네가 그렇게 웃을 때는 이유가 있는 법이지. 이번에 죽는 건 누군가? 기자? 아니면 그 이철수인 가 하는 노친네?"

"전 모 만화에 나오는 탐정들이 아닌데."

"하지만 결과는 좀 비슷하지 싶은데. 자, 빨리 말해 보게. 궁금하니까."

송정한의 말에 노형진은 피식 웃으면서 말했다.

"일단은 노인네입니다. 그 기사의 주요 목표는 그 노인네 가 선량하다는 사실을 기반으로 하고 있으니까요."

"호오."

송정한은 기대한다는 얼굴이 되었다.

"그래서 방법이 있나?"

노형진은 궁금해하는 송정한에게 차근차근 자신이 소방서 에서 들었던 이야기를 해 주기 시작했다.

이야기를 다 들은 송정한은 기가 막히다는 듯 고개를 절레 절레 흔들었다.

"세상은 넓고 미친놈은 많다더니, 뭐? 소방차로 수영장에 물을 채워 달라고?"

"그런 놈이 어디 한둘입니까?"

"끄응, 이래서 안 된다니까. 소방관들이 무슨 부잣집 노예도 아니고."

"하여간 이건 확실합니다. 그게 거절당했고, 그래서 보복으로 차를 세우기 시작한 겁니다. 그리고 그 탓에 소방차들은 상당한 피해를 입었지요."

"무슨 피해 말인가?"

"정확하게 말하면 소방차가 입은 피해는 아닙니다. 이걸 한번 보세요."

노형진은 소방서에서 가지고 온 블랙박스 파일을 컴퓨터로 플레이시켰다.

그리고 나오는 장면들.

"꼼짝을 못 하는구먼."

"그럴 수밖에요. 현행법이 지랄 같지 않습니까?"

이렇게 무단으로 주차시켜 놓은 차량을 부수고 출동할 경우 그 배상은 소방서에서 해야 한다.

그러니 소방관들은 그걸 부수고 출동할 수가 없다.

물론 그 과정에서 소방차도 일부 파손될 테고, 그렇게 되면 당연히 그것에 대해서도 소방관에게 책임을 묻는다.

"그런데 이게 중요한가?"

"아주 중요하지요. 일단 보세요."

블랙박스에는 일주일가량 그 차량이 입구를 틀어막고 있는 모습이 고스란히 찍혀 있었다.

상시 저장 모드라면 지워졌을지도 모르지만 다행히 상시

저장 모드가 아니어서 시동이 걸릴 때마다 찍힌 것이다.

"보시다시피 매번 견인차가 와서 끌어내지요?"

"그렇지. 전화를 안 했나?"

"안 하긴요."

이미 소방관들의 도움을 얻어서 그날 출동 일지를 가지고 온 상태였다.

그 기록에 따르면 매번 전화를 해서 빼 달라고 했지만 대부분 전화 자체를 받지 않아, 받은 건 딱 두 번이었다.

그나마도 40분 정도 있다가 느긋하게 나타나서 견인된 차를 끌고 갔다고 한다.

"그래서?"

"이런 사람들의 특징이 뭔지 압니까? 바로 남에 대해서 전혀 생각하지 않는다는 거죠. 정확하게 말하면, 생각하지 못한다고 할까요?"

"응?"

"이철수는 소방관에게 보복을 하려고 저런 겁니다."

"그런데?"

"그런데 이거 보세요."

노형진은 서류를 꺼내어 다른 서류와 대조하기 시작했다.

"이쪽 건 출동 기록입니다. 일주일 동안 화재로 인한 소방차 출동이 네 건, 구급차 출동이 열두 건입니다."

"그런데?"

"그런데 제가 다른 시기의 출동 시간과 비교해 보니까 저 불법 주차 때문에 대략 30분에서 35분 정도 늦어지더군요."

"그렇겠지. 저렇게 떡하니 입구를 막고 있는데 그냥 나갈 수는 없으니까."

"그럼 당연히 원래라면 끌 수 있었던 불도 끌 수 없게 되었겠지요?"

"아!"

그제야 송정한은 노형진이 노리는 바를 알아차렸다.

"제3자의 피해가 발생했구면!"

"그렇습니다."

그는 단순히 소방관들에게 보복하기 위해서 입구를 막았다. 어차피 처벌을 안 받을 것임을 안 것이다.

하지만 소방관들은 그 때문에 제시간에 출동을 하지 못했다.

"30분이면 불이 얼마나 커지는지 아십니까?"

"전소하고도 남지."

일반적인 주택이라면 30분이면 전소하고도 남는 시간이다.

"그 사람들은 소방관만 욕하지요, 출동이 늦었다고."

"그렇겠군."

그들은 왜 이런 일이 벌어졌는지 모르기 때문이다.

그렇다고 혹시 누가 소방서 입구를 막았느냐고 물어보지도 않을 것이다. 누구도 예상하지 못할 일이니까.

"하지만 불법 주차로 인해서 소방차가 못 들어가는 경우는 많지 않나?"

"그건 그렇습니다. 하지만 그런 건 이번 경우와는 전혀 다릅니다."

그런 건 말 그대로 사태가 어떻게 될지 모르는 상황에서 불법 주차를 한 것뿐이다.

하지만 이번 건 다르다.

"그런 건 출동이 있을지 없을지 알 수가 없죠. 하지만 이건 출동이 100% 차단당하는 자리죠."

"이런 경우라면……."

"적절한 시간에 출동했다면 사건을 막을 수 있다는 걸 증명하면 그 피해는 이철수의 책임이 됩니다."

"흠……."

송정한은 대충 상황을 알겠다는 듯 고개를 끄덕거렸다.

"그리고 말입니다, 이것도 중요하지요."

"다른 것도 있나?"

"네."

노형진은 다른 출동표를 꺼내서 내밀었다.

"그건?"

"아까 말씀드렸던 구급차 출동표입니다."

그걸 다시 비교하는 노형진.

그리고 결과를 알아챈 송정한은 아까처럼 호기심이 아니라 심하게 충격받은 시선으로 그걸 바라보았다.

이것이법이다

"이런…….."

"사망자가 세 명입니다."

"이런 안타까운 일이…….."

긴급 출동으로 병원으로 간 사람들 중 사망자는 세 명이었다.

한 명은 심장마비, 한 명은 교통사고, 한 명은 추락.

"제시간에 진료받을 수 있었다면 살 수 있었을지도 모르지요."

"이건…….."

"명백히 부작위에 의한 살인입니다."

"왜…… 이걸 몰랐지?"

재산적 문제와 다르게 살인은 아주 심각한 문제다.

"일반인 중에 부작위에 의한 살인이라는 단어를 아는 사람이 얼마나 될 것 같습니까?"

"후우, 그렇기는 하군."

더군다나 이철수는 해당 지역의 유지로, 소방관이 한 고발조차 막혔다.

즉, 부작위에 의한 살인이라는 죄목을 알 수 있는 사람에게 들어가기도 전에 막혀 버린 것이다.

"그러니 이걸 파고들어야지요."

"그래야겠네. 아무래도 이번에는 누가 같이 가 줘야겠군."

"그래서 이번에는 김성식 변호사님하고 일해 볼까 합니다."

"김 변호사님?"

"어찌 되었건 상대방이 지역 유지 아닙니까?"

"흠……."

지역 유지로 활동하는 이의 힘을 꺾으려면 적당한 힘을 가진 사람이 필요하다.

그리고 김성식 변호사는 원래 중앙수사본부 부장 출신이니 딱 적당한 사람이다.

"재산이 400억이니 분명히 화려한 변호사 라인으로 덤벼들 겁니다."

송정한은 고개를 끄덕거렸다.

물론 법적으로는 노형진이 질 리 없지만 권력이라는 건 그렇다. 아무리 법적으로 맞는다고 하더라도 권력을 가진 자는 죄가 가벼워진다.

그리고 이철수는 그걸 알고 그렇게 개지랄을 떠는 거고.

"그걸 찍어 누르려면 더 강한 권력이 필요하니까요."

송정한은 고개를 끄덕거렸다.

"그렇겠군. 그럼 바로 김성식 변호사에게 말해 주겠네."

"네."

노형진은 고개를 끄덕거린 후 이철수의 사진을 뚫어지게 바라보았다.

"자네랑 일하는 거, 참 오랜만인 것 같군."

"그런가요?"

"요 근래 자네가 날 안 불러 줘서 얼마나 섭섭했는데."

"하하하."

노형진은 약간 미안한 미소를 지었다.

하지만 그렇게 될 수밖에 없었다.

"아무래도 변호사님이야 권력형 사건에 연관되는 경우가 많으시니까요."

"그건 어쩔 수 없는 일이기는 하지."

그는 뛰어난 실력을 가진 전관 출신이다.

그러니 아무래도 이런저런 흔한 사건보다는 상대방이 힘을 가지고 있어서 대응하기 까다로운 사건이 많이 배정되었다.

그런 건 대부분 중요한 사건들이기 때문에 노형진과 일하는 게 쉽지 않았고 말이다.

"이야기는 들었네. 아주 어이가 없더구먼."

"그러게 말입니다."

"나 때는 이런 인간들한테 이렇게 말하곤 했지, 나이를 똥구멍으로 처먹었냐고."

"똥구멍요?"

"그래. 똥구멍이라고 하기도 미안한 놈 아닌가?"

"하하하."

노형진은 김성식의 말에 웃을 수밖에 없었다.

그런데 생각해 보니 틀린 말은 아니다.

"군대에서 파생된 말인가 보군요."

"그렇지."

군대에서 말하는 짬밥을 똥구멍으로 처먹었다는 소리는 계급이 높아도 제대로 하는 게 없다는 뜻이다.

사회에서도 마찬가지로, 나이가 많다고 제대로 된 인간은 아니라는 뜻이기도 하다.

"그러면 바로 움직여야겠군."

"일단 김 변호사님은 주변에서 움직이면서 해당 지역 권력자들을 만나 주셔야 합니다."

"알겠네. 그래야 저들이 섣불리 움직이지 않겠지."

이쪽에서 중수부장 출신 변호사가 나왔는데 섣불리 이철수의 편을 들어 주려고 하는 사람은 없을 것이다.

이철수에게 적대적으로 굴지는 않겠지만 최소한 관망하는 자세를 취할 것이다.

'그리고 그거면 충분하지.'

노형진은 바로 움직이기 시작했다.

⚖️

"노형진 변호사라고 합니다."

노형진은 허름한 호텔 문틈으로 빼꼼 바라보는 여자를 애써 씩 웃으면서 바라보았다.

이것이 법이다

"왜 그러는데요?"

"어…… 잠깐 이야기할 수 있을까요?"

"그건 좀……."

안절부절못하는 그녀.

노형진이 왜 그러는지 물어보려고 하는 순간 바로 그 이유가 나타났다.

"312호! 지금 있네!"

"헉!"

"아니, 도대체 며칠째야! 돈을 못 주면 나가든가!"

갑자기 뒤에서 나타난 여자는 소리를 버럭 질렀고, 그 여자를 본 방 안의 여자는 당황해서 어쩔 줄 몰랐다.

"돈 못 줄 것 같으면 나가든가!"

"아주머니, 죄송해요. 조금만 기다려 주시면……."

"기다리면 뭐! 돈이 하늘에서 떨어져?"

버럭버럭 화를 내는 호텔 주인을 보고 노형진은 상황을 알아차렸다.

'돈을 못 냈나 보네.'

하긴, 한순간 전 재산이 몽땅 불타 버렸으니 돈이 있을 리 없다.

오밤중에 불이 나서 지갑 하나 못 가지고 몸만 겨우 나왔으니 말이다.

"자, 자! 진정하시고."

노형진은 주인이 있는 이상 대화가 불가능할 거라는 사실을 알아채고는 일단 자신이 물러나기로 했다.

"얼마입니까?"

"뭐라고?"

"방세 얼마냐고요."

"왜? 총각이 내주게?"

"네, 그러니 얼마입니까?"

"하루에 3만 원이니 20일치 60만 원."

노형진은 어이가 없었다.

'이거 완전 사기꾼이네.'

일반적으로 이런 호텔들은 '달방'이라는 걸 놓는다.

말이 호텔이지 사실상 제대로 된 호텔이 아니라서 호텔 손님을 받지 못하기 때문에 대신에 돈 없는 사람들을 받는 것이다.

호텔 달방은 일반 월세와 다르게 보증금이 없기 때문에 돈이 없는 사람들이 많이 쓴다.

아니면 임시로 쓰거나.

'그런데 뭐? 60?'

일반적으로 달방은 한 달에 40만 원 정도밖에 안 한다.

보아하니 여자가 세상 물정을 잘 모르는 것 같아 후려치는 것이 뻔했다.

'뭐, 어쩔 수 없지.'

일단 급한 건 상황을 해결하는 것이기 때문에 노형진은 자신의 카드를 꺼냈다.

"바로 결제합시다."

"진짜야?"

"네."

노형진에게 돈이란 남을 위해서 쓰기 위해서 존재하는 것. 60만 원 정도는 많은 게 아니다.

"그럼 나야 좋지."

주인과 함께 가서 결제하고 오자 아까와 다르게 방 안의 여자는 훨씬 우호적인 얼굴이 되어 있었다.

"이제 이야기하실 수 있을까요?"

"방이 누추해서……."

하긴, 듣기로는 애가 둘이 있다고 한다.

남편은 어떻게 해서든 돈을 구하러 다른 도시로 떠났고 말이다.

"그러면 근처 커피숍에서 이야기하시죠. 이상한 거 아닙니다."

여자는 잠깐 고민하는 듯하더니 고개를 끄덕거렸다.

일단 밀린 방세를 내준 사람이고 변호사라고 하니 이상한 짓을 할 건 아닐 것 같았기 때문이다.

사실 이상한 짓을 하려면 호텔 방 안이 더 위험하다. 아이들은 학교에 간 상황이니까.

그래서 쉽게 들이지 못한 것도 있었을 것이다.

"바로 건너편에 있는 커피숍에서 기다리겠습니다."

"네."

커피숍은 공개된 공간이라서 위험하지 않다고 판단한 건지 그녀는 고개를 끄덕거렸고, 노형진은 호텔을 나와서 커피숍으로 향했다.

잠시 후 대충 차려입은 40대 여자가 모습을 드러냈다.

"아까는 감사했습니다."

"아닙니다. 어차피 다시 받을 건데요, 뭐."

약간 움찔하는 여자.

"하하, 그렇게 움찔하지 않으셔도 됩니다. 제가 사채꾼은 아니니까요."

"그럼 왜 저희를 도와주신 거죠?"

"사실은 댁의 화재에 대해 알려 드릴 게 있어서 왔습니다."

"화재에 대해서?"

"네. 그날 화재 기록을 봤습니다."

"……."

그 여자는 그 당시가 생각나는지 주먹을 꽉 쥐고 부들부들 떨었다.

불이 나면서 전 재산이 불타 버렸고, 자신들은 말 그대로 거지가 되어서 쫓겨났다.

"그날 소방차가 너무 늦게 왔더군요."

"네……."

이를 악무는 그녀.

소방차가 빨리 왔다면 자신들이 이 정도까지 되지는 않았을 것이다.

맨 처음 화재가 난 곳은 헛간이었다. 그곳에 있던 집기며 물건들이 불탔지만 최소한 집으로 번지지는 않았었다.

"소방차가 거기까지 가는 데 정확하게 52분이 걸렸습니다."

"흑……."

눈물을 보이는 여자.

노형진은 그런 그녀에게 티슈를 뽑아서 건넸다. 일단은 그녀가 진정해야 하기 때문이다.

'쩝…… 남편이 있으면 좋은데.'

보아하니 마음도 약하고 사회 경험도 없는 사람인 듯했다.

남편이 있다면 바로 설명할 수 있겠지만 지금은 부재중이니 쉽지 않을 듯했다.

"이제 진정되셨나요?"

"네."

그녀가 진정되자 노형진은 차분하게 설명을 했다.

"그런데 그거 아십니까, 소방관이 출동하는 걸 방해한 놈이 있었다는 거?"

"네?"

그녀는 고개를 갸웃했다.

처음 들어 본 말이었던 것이다.

'하긴, 소방관들이 이런 말을 할 리 없지.'

그들은 법에 대해서 모르니 그런 방해 행위가 가지는 의미를 정확하게 알지는 못했을 것이다.

그러니 이야기하지 않았을 가능성이 높다.

말해 봐야 피해자 속만 터질 테니까.

"기록에 따르면 그날 한 대의 차량이 소방서의 입구를 틀어막고 대략 33분간 출동을 방해했습니다. 소방서에서 급하게 견인하기는 했지만 너무 늦었지요."

"그런데요?"

"출동에 걸린 시간은 총 52분. 그러면 거기서 여기까지 실제로 출동하는 데 걸린 시간은 19분입니다."

"19분……."

"만일 바로 출동해서 19분 내에 도착했다면 어떻게 되었을까요?"

"그…… 글쎄요."

"전문가의 소견은 이렇습니다. 헛간은 전소되었을 테지만 집으로 번지지는 않았을 것이다."

"네에?"

그녀의 눈이 커졌다.

그러니까 누군가 방해하지 않았다면, 그래서 소방차가 제때에 도착했다면 자신들은 집을 잃어버리지 않았으리라는 뜻이기 때문이다.

"그 말이 사실인가요?"

"네."

그러자 와들와들 떨리는 그녀의 손.

이럴 때 어떻게 해야 할지 몰랐기 때문이다.

"그래서 제가 온 겁니다."

"그래서 오신 거라고요?"

"네. 원하신다면 손해배상 청구 소송을 할 수 있습니다."

"손해배상 청구 소송?"

"그 인간 때문에 집이 불탔으니 당연히 배상해 줘야지요."

그녀는 어쩔 줄 몰라 하는 얼굴이 되었다.

하지만 한 가지는 알 수 있었다.

"남편한테 물어봐도 될까요?"

"그럼요."

노형진은 씩 웃었다.

남편이 바보가 아닌 이상에야 소송을 안 할 리 없으니 말이다.

"얼마든지 물어보셔도 됩니다. 전 충분히 기다릴 의사가 있으니까요."

그러자 그녀는 떨리는 손으로 황급하게 핸드폰을 꺼내 들었다.

"고인의 명복을 빕니다."

노형진은 눈앞에 있는 사람에게 일단 인사를 건넸다.

"잔말 말고…… 전화로 대화한 것 좀 다시 이야기해 봐요."

남자의 눈은 붉게 상기되어 있었다.

두 가지 이유 때문일 것이다.

첫 번째는 너무 울어서, 두 번째는 화가 너무 나서.

"말 그대로 동생분이 돌아가신 것은 누군가가 구급차의 출동을 막아서입니다."

"구급차 출동을 막는 미친놈이 세상천지에 어디 있습니까!"

"생각보다 많습니다."

실제로 그런 일도 많다.

구급차가 급히 출동하던 도중에 가벼운 접촉 사고가 발생했다.

그런데 그 안에는 심폐 소생술을 받는 네 살짜리 아이가 있었다.

그래서 당장 병원으로 가야 하는데 접촉 사고가 난 상대방이 사고 처리부터 하고 가라면서 구급차를 방해했다.

그 사람은 10분 가까이 구급차의 이동을 방해했고, 안에서 아이가 죽어 가고 있다는 부모의 절규에도 내 알 바 아니라는 식으로 돈만 요구했다.

결국 그 구급차 대원은 그 사람으로부터 차 키를 빼앗아서 강제로 옮기고 병원으로 향했다.

　그 덕에 아이는 살았지만 그 구급차 대원은 이런저런 이유로 해고당했다. 그러나 아이를 죽일 뻔한 그 인간은 벌금 4만 원으로 끝이었다.

　그 당시 타고 있던 구급차가 일반 119가 아니라 사설 구급차라는 이유 하나만으로 그 인간은 아이를 죽이려고 한 것이다.

　"이번도 마찬가지입니다. 통화하면서 말씀드렸다시피, 보복할 목적으로 구급차의 운행을 방해했으니까요."

　으드득.

　그 말에 남자의 입에서 이가 부서지는 소리가 났다.

　그럴 수밖에 없었다. 구급차가 오는 데 무려 43분이나 걸렸고, 그로 인해 동생은 죽었다.

　"사고 현장까지 소방서에서 10분이면 가더군요."

　노형진은 차분하게 그를 진정시키면서 말했다.

　"만일 구급대원이 제대로 10분 안에 도착했다면 동생분은 살아 계셨을 겁니다."

　그의 동생의 사인은 과다 출혈.

　말 그대로 피를 너무 많이 흘려서 죽은 것이다.

　뒤늦게 도착한 구급대원들이 병원으로 황급하게 옮겼지만 병원에 도착하기 직전 결국 동생은 숨을 거뒀다.

　"사고 현장에서 병원까지 8분 걸렸습니다. 그럼 출동 시간은 총 18분인 셈이지요. 하지만 그 당시 그 인간이 방해한 시간이 33분입니다. 그 33분만 아니었다면 구급대원이 지혈을 할 수 있었을 겁니다. 설사 지혈에 실패했다고 해도, 18분이면 병원에 가서 수혈을 받을 수 있었을 겁니다."

그랬다면 교통사고가 난 동생은 목숨을 건질 수 있었을 것이다.

"개자식⋯⋯."

"개자식이지요. 그래서 제가 온 겁니다."

노형진은 피해자를 바라보았다.

"그러니까 고발을 하셨으면 합니다."

"그러면 끝입니까?"

"아닙니다. 당연히 손해배상을 받으셔야지요."

"돈 필요 없습니다."

"돈이 중요한 게 아니라, 복수해야지요. 그리고 소송은 단순히 복수의 한 방법일 뿐입니다."

그는 고개를 끄덕거렸다.

"복수⋯⋯할 겁니다. 당장⋯⋯ 경찰서로 가서 하겠습니다."

"네."

노형진은 마지막 피해자를 설득한 후 자리에서 일어났다.

"걱정하지 마십시오. 이 일은 제가 책임지고 해결할 테니까요."

진실을 찾기 위한 소송은 지금부터였다.

나이 처먹은 게 벼슬이냐

"그럼 잘 알겠습니다. 믿도록 하지요."

김성식은 웃으면서 방에서 나왔다.

하지만 방에 있던 사람은 웃는 게 웃는 게 아니었다.

그럴 수밖에 없었다. 지금 들은 말대로라면 자기 목숨이 왔다 갔다 하는 판국이 되기 때문이다.

뭐, 김성식이 그걸 신경 써 주지는 않겠지만 말이다.

"노 변호사."

김성식이 바깥으로 나오자 때마침 노형진이 기다리고 있었다.

"피해자분들은 다 설득했나?"

"네."

"거참······ 사건이 차고 넘치는구먼."

"그런 거죠. 그게 현실입니다."

새론이 '멍하니 기다리기만 하던' 기존의 변호사 시스템을 타파하고 새로이 구축한 '직접 찾아가는' 변호사 시스템은 말 그대로 사건이 끝도 없이 들어온다는 장점이 있었다.

물론 그건 단점이기도 했다. 미친 듯이 바빠지니까.

"뭐랍니까?"

"자기는 몰랐다는 거지."

"모르기는 개뿔."

노형진은 코웃음을 쳤다.

지역을 책임지는 소방관들의 대표인 소방청장이, 그것도 고발을 중간에 막아 버린 소방청장이 그로 인해 사람이 죽은 걸 모른다?

물론 모를 수도 있다.

노형진처럼 출동 내역과 사건 결과를 비교하지는 않았을 테니까.

"하지만 일어날 가능성이 있다는 것에 대해서는 알고 있었을 겁니다."

"설마 했겠지."

"설마가 사람 잡는다는 말이 그냥 생긴 게 아닙니다."

설마 누가 죽겠거니 했을까?

이런 사건의 대부분은 '설마 죽겠어?'라고 생각하는 데서 시작된다.

하지만 그 설마는 안 좋게 꼬이기 시작하면 엄청 안 좋게 꼬이는 마법의 단어이기도 하다.

"어찌 되었건 자기는 몰랐다고 딱 잡아떼더군."

"일단 뭐, 우리가 하고자 하는 걸 방해는 못 하겠군요."

"미치지 않고서야 그렇겠지."

노형진이 김성식을 데리고 온 이유는 간단하다.

자기들보다 더 높은 곳에 있는 사람들이 사건을 보고 있다는 것을 주지시키기 위해서다.

그러지 않으면 또 돈을 받고 사건을 무마하려고 할 테니까.

"일단 내가 명함을 건네줬으니 섣불리 사건을 덮으려고 하지는 않을 걸세."

"죽기 싫으면요."

더군다나 부작위에 의한 살인까지 끼어 있는 상황이다.

"그냥 둘 건가?"

"미쳤습니까?"

이철수를 처리하고 나면 저들도 가만둘 생각은 없다.

그들은 그냥 국민 세금으로 수영장 물을 채우는 정도의 일이라 생각했겠지만 명백하게 누군가의 목숨이 달린 일이기 때문이다.

"그나저나 노 변호사, 일단 노인네를 처리하고 나면 다른 문제가 있는 거 알지?"

"알죠."

언론사. 궁극적으로 신진혁을 돕기 위해서 언론사를 상대해야 한다.

지금 이철수를 죽이려고 하는 것은 그들의 기사의 당위성을 없애기 위함이지, 궁극적인 목적은 아니다.

"이거, 참…… 사건 진짜 복잡하네. 별거 아닌 사건인데."

"원래 비리는 말입니다, 빙산 같은 겁니다."

"빙산?"

"네. 머리 위에 삐쭉 나온 것만 보면 별거 아니지만 그 아래를 보면 수백수천 배 큰 덩어리가 있지요."

"흠……."

"그리고 그 덩어리는 나라를 자빠트릴 수 있을 정도입니다. 과거에 타이타닉을 침몰시켰듯이 말입니다."

"이해하겠네. 그래도 이건 너무 손해 아닌가?"

"뭐, 만두가 알아서 섭섭하지 않게 수임료를 주겠지요."

"만두?"

"큭…… 아닙니다. 그런 게 있습니다."

노형진은 그냥 씩 웃고 말았다.

⚖

"노형진이 누구야! 나와!"

노형진은 일하다 말고 시끄러운 소리에 고개를 **빼꼼** 내밀
었다.

그도 잘 아는 사람이 서 있었다.

'뭐야?'

붉어질 대로 붉어진 얼굴을 하고 지팡이를 휘두르는 노인.

그 노인은 이철수였다.

노형진은 그를 보고 기가 막혀서 말이 안 나왔다.

'미친 거 아냐?'

노형진이 놀란 것은 그가 여기까지 찾아왔다는 것 때문이
아니라 그가 지팡이를 짚고 쩔뚝거리고 있었기 때문이다.

'이런 미친 새끼.'

그는 분명 자기 차량을 가지고 있다. 그리고 운전도 한다.

그런데 다리를 절뚝거리다니.

'누굴 죽이려고 작정했나.'

노형진이 이런저런 생각을 하는 와중에도 이철수는 길길
이 날뛰고 있었다.

"너냐? 응? 너냐?"

마구 난장판을 만드는 그를 보면서 노형진은 더 이상 그냥
두면 안 되겠다는 생각에 바깥으로 나갔다.

"그만하시죠."

"넌 뭐야?"

"당신이 찾는 사람."

"오냐, 잘 만났다. 너 죽고 나 죽자."

"절 죽일 수 있으면 죽이세요. 하지만 그러려면 여기에 있는 사람들 다 죽여야 하는데, 자신 있으세요?"

달려들던 이철수는 생각도 못 한 말에 움찔했다.

"뭐, 절 죽이려고 칼이라도 가지고 오셨습니까?"

"이이익……."

노형진은 시큰둥하게 말했다.

주변에서는 노형진이 그렇게 도발적으로 나오자 말리지도 못하고 구경만 하고 있었다.

'그럴 줄 알았다.'

척 보니까 주변에서 말릴수록 더 난리 법석을 떠는 타입의 인간이었다.

이런 인간은 도리어 주변에서 안 말리면 아무것도 하지 못한다.

"여기는 왜 온 겁니까?"

"네가 고소했냐, 이 새끼야!"

"고소?"

"그래!"

"했지요."

노형진은 피식 웃었다.

'민사 소장이 먼저 간 모양이네.'

형사 고소와 민사 고소를 동시에 했다. 그런데 형사 소장이 먼저 갔다면 자신을 찾아왔을 리 없다.

즉, 민사 소장이 먼저 갔다는 뜻이다.

"어디 새파랗게 어린 게 어른을 고소해!"

노형진은 씩 웃으면서 주변을 둘러보았다.

"뭐야? 내 말이 안 들리냐?"

"들리기는 하는데 어른이 안 보여서요."

"뭐라고?"

"전 그냥 범죄 가해자를 고소한 거지, 어른을 고소한 적 없는데요."

"너 이 새끼, 너 몇 살이야! 앙! 새파랗게 어린 것이!"

"새파랗게 어려도 당신보다는 잘 살아가고 있습니다."

말하는 족족 반격당하자 이철수의 얼굴은 붉어질 대로 붉어졌다.

"너 이 새끼, 어른한테 꼬박꼬박 말대꾸야!"

"어른?"

어른이라는 말에 노형진의 얼굴에 절로 썩소가 올라왔다.

"나이 먹은 게 벼슬입니까?"

"뭐라고?"

"나이 먹은 게 벼슬이냐고요. 최소한의 상식도 안 지키면서 나이만 먹은 게 무슨 벼슬입니까?"

"너…… 너……."

"사람은 나이를 먹어서 존경받는 게 아니라 나이를 먹을수록 지혜로워져서 존경받는 겁니다. 그런데 당신은 나이를 먹을수록 탐욕스러워진 것 같네요."

"이놈의 새끼가……."

이철수는 화가 났지만 뭐라고 말할 수가 없었다.

기본적으로 싸움이라는 것은 세 가지 종류가 있다.

하나는 주먹으로 하는 싸움이고 하나는 말로 하는 싸움이며 나머지 하나는 논리로 하는 싸움이다.

하지만 주먹으로 하는 싸움이 먹힐 리 없다. 당장 주변에 사람이 많아서 그럴 수도 없다.

논리로도 절대 노형진에게 못 이긴다. 그는 이기적이기는 하지만 뭐가 나쁜 짓인지 모르지는 않기 때문이다.

다만 이득만 되면 상관없을 뿐이었다.

결국 말싸움으로 상대방에게 상처를 주는 게 최선인데, 노형진이 그런 저급한 싸움에 휘말릴 이유가 없다.

"두고 보자!"

결국 소리를 지르면서 달려 나가는 이철수를 보면서 노형진은 고개를 절레절레 흔들었고, 뒤에서 구경하던 송정한은 혀를 쯧쯧거리면서 찼다.

"저러니 꼰대 소리를 듣지."

"그러게 말입니다."

"그나저나 재판 준비는 다 되어 가나?"

"이미 다 끝났습니다."

노형진은 이철수가 나간 방향을 바라보면서 중얼거렸다.

"이제 영혼을 털어 버릴 일만 남았네요."

"쯧쯧, 얼마 남지도 않은 생명, 일찌감치 저승사자 만나겠구먼."

송정한은 그 말을 하며 씁쓸하게 웃을 수밖에 없었다.

⚖️

"개정하겠습니다."

재판이 시작되자 사람들의 시선은 피고 쪽으로 쏠렸다.

그럴 수밖에 없는 게, 당장 죽어도 이상할 게 없는 노인네 한 명이 후들거리면서 간신히 앉아 있었으니 말이다.

"끝내주네요."

"저거 뭔가?"

"뭐겠습니까? '나 불쌍해요' 퍼포먼스지."

김성식 변호사는 씁쓸한 얼굴이 되었다.

"돈 좀 있다 이거군."

"네."

'나 불쌍해요' 퍼포먼스란 돈 좀 있는 녀석들이 재판 때 극도로 아픈 모습을 꾸미는 것을 말한다.

쉽게 말해서 회장님들이 재판이 열릴 때마다 휠체어나 병원 침대를 타고 들어가는 것.

"지랄을 하네요, 아주."

"끄응…….'

당장 죽을 것같이 후들거리는 몸 그리고 신음 소리.

"와, 너무하네."

"새론이 어떻게 이렇게 독해졌지?"

"그러게."

사정을 모르는 사람들은 새론을 욕할 수밖에 없었다.

그만큼 노인은 당장 죽어도 이상하지 않을 듯한 모습이었기 때문이다.

피고 측 변호사는 노형진과 김성식을 보면서 비웃음을 날리고 있었다.

하긴, 제 딴에는 나름 선공이 먹힌다고 생각했겠지.

"철저하게 준비했나 보네."

"그랬겠지요."

단순히 휠체어를 타고 온 정도가 아니다.

그는 분장 전문가를 동원해서 병자처럼 분장까지 하고 왔다.

가까이에서는 또 모르겠지만 멀리서 보기에는 누가 봐도 병자였다.

"그래, 어쩔 건가?"

"글쎄요. 전 저쪽에 놀아나 줄 생각이 없어서요."

노형진은 싱긋 웃으면서 자리에서 일어났다.

"친애하는 재판장님, 오늘 재판을 연기하고 싶습니다."

이것이 법이다

"응?"

"이게 무슨 소리야?"

다들 당황해서 노형진을 바라보았다.

생각지도 못한 말이 나왔기 때문이다.

노형진은 사람들의 시선을 훑으면서 이철수에게 다가갔다.

"현재 피고 이철수는 심각한 건강의 이상 증세를 보여 주고 있습니다. 그렇지요?"

갑작스러운 질문에 피고 이철수의 변호사인 서병식은 얼떨결에 고개를 끄덕거렸다.

"그렇습니다. 당장 재판을 하기 힘든 상황입니다."

"그런 만큼 오늘 재판은 피고의 건강을 위해서라도 연기함이 맞다고 생각합니다."

"흠……."

판사는 심각하게 고민하는 표정이 되었다.

피고 측뿐만 아니라 원고도 그렇게 말하는데 재판을 강행하기에도 좀 뭐했기 때문이다.

물론 노형진이 이렇게 그냥 당해 줄 생각은 없었다.

"그리고 다음 재판에서 확실하게 피고의 건강 상태를 확인하기 위해서 진단서를 요청하고자 합니다. 가능하겠습니까?"

"원고 측 변호사의 의견은 잘 받아들였습니다. 피고 측 변호사도 동의한 만큼 오늘 재판은 연기하도록 하겠습니다. 그리고 피고는 다음 재판 때를 대비해서 건강진단서를 제출하여 주시기 바랍니다."

서병식은 입을 쩍 벌렸다.

졸지에 자신들이 건강진단서를 내야 하는 상황이 된 것이다.

"왜 그러십니까? 그걸 제출하지 못할 다른 이유라도 있습니까?"

노형진이 서병식을 보면서 묻자 그는 고개를 흔들었다.

"아…… 아닙니다. 제출하겠습니다."

"이상입니다."

노형진이 말을 끝내고 들어갔다.

재판이 연기되자 사람들은 혀를 끌끌 차면서 돌아갔고, 원고 측은 뒤에 있다가 당황해서 노형진에게 다가왔다.

"아니, 왜 그런 겁니까?"

"저거 사기잖아요!"

그들도 안다.

이철수는 어제만 해도 멀쩡하게 돌아다니던 인간이다. 그런데 갑자기 하루 만에 환자가 된 것이다.

그런데 그걸 알면서도 그의 편을 들어 주다니.

"어차피 오늘 재판해 봐야 우리만 불리하니까요."

"네?"

"오늘 재판을 강행한다고 저 녀석이 다음번 재판에는 저러고 나오지 않을 것 같습니까? 계속 저러고 나옵니다. 인간이라는 존재는 그런 모습에 약해요. 특히 판사들은 일종의 자비로워야 한다는 강박관념이 있기 때문에 자신도 모르게 이철수 편을 들게 됩니다. 돈 가진 놈들이 '나 불쌍해요' 코스프레를 하는 데에는 다 이유가 있는 겁니다."

"그…… 그런가요?"

"네. 하지만 이제는 그 짓을 못 하겠지요."

노형진은 이번에는 슬쩍 물러나는 척하면서 진단서를 요구한 것이다.

"말 그대로 3보 전진을 위한 1보 후퇴입니다."

"모, 몰랐습니다. 전 그냥 저쪽 편의를 봐준다고……."

"편의를 봐주기는 했죠."

저들이 노린 건 그거다. 새론이 무리한 소송을 진행한다고 욕먹는 것 말이다.

물론 그건 반쯤은 성공했다.

하지만 노형진이 전격적으로 재판 연기 신청을 하면서 사람들은 역시 새론이라고 정의롭다고 찬양했고, 도리어 요구받은 진단서 문제로 인해서 이제 다시 그 짓거리를 못 하게 된 것이다.

"그럼 이제 다음번에는 안 할까요?"

"글쎄요. 다음번에도 할걸요."

"네?"

"딱 보면 알죠."

상대방 변호사는 꼼수에 능한 타입이다.

이런 나 불쌍해요 전술은 많이 알려진 방식이지만 일반적으로 휠체어를 동원하는 수준이지, 분장까지 하는 경우는 드물다.

그렇게까지 한다는 것은 변호사가 꼼수를 부렸다는 뜻이다.

타입으로 보자면 노형진과 비슷한, 다만 돈을 좇으면서 부자들을 대변한다는 게 달랐다.

'하긴, 돈이 400억이나 있는데 어쭙잖은 새끼를 쓸 리 없지.'

그렇다면 한번 당했다고 그냥 물러날 리 없다.

"하지만 그게 최대 패착이 될 것입니다."

노형진은 씩 웃었다.

⚖

며칠 뒤 다시 열린 재판.

첫 번째 재판은 법적인 논쟁이고 뭐고 없이 바로 끝났기 때문에 사람들은 이번 재판에 관심을 가지고 있었다.

"개정하겠습니다. 원고 측 변호사, 먼저 시작하세요."

"네, 판사님. 일단…… 증인부터 부르겠습니다."

"엥?"

"증인?"

사람들은 어리둥절했다.

일반적으로 증인이라 하면 어느 정도 사건에 대한 공방이 있는 경우에 자신들에게 유리한 말을 해 줄 수 있는 사람을 부르는 것이 보통이었다.

그런데 재판이 시작되자마자 증인을 부르다니?

"증인을 말입니까?"

"네."

판사는 약간 이상하기는 했지만 일단은 순순히 고개를 끄덕거렸다.

법적으로 언제 증인을 부르라고 정해지진 않았으니까.

"증인은 나와서 선서하세요."

잠시 후 한 여자가 나와서 선서를 하고 증인석에 앉았다.

"증인, 직업이 뭡니까?"

일단 노형진이 먼저 나가서 입을 열었다. 그러자 증인이 천천히 입을 열었다.

"분장사입니다."

"분장사라는 직업이 뭔지 설명해 주십시오."

"분장사란 영화나 연극 등에서 배우를 자연스럽게 보이게 만들기 위해서 분장해 주는 사람입니다."

"엥?"

"웬 분장사?"

사람들이 어리둥절했다.

이번 사건과 전혀 관련이 없는 사람이 증인으로 나왔기 때문이다.

"재판장님! 이번 증인은 이번 사건과 전혀 관련이 없는 사람입니다!"

그런데 서병식의 반응이 이상했다.

과도하게 벌떡 일어난 것이다.

'그래, 너도 내 타입이니까.'

서병식은 절대 멍청한 변호사가 아니다. 도리어 아주 똑똑한 타입이다.

그러니까 노형진이 지금 무슨 짓을 하려고 하는지 바로 알아차렸을 것이다.

'그런데 어쩌냐. 넌 상대 잘못 만났어. 끌끌끌.'

노형진과 비슷한 타입의 변호사는 무척이나 드물다.

대한민국 특성상 창의성이 있는 사람은 변호사가 되기 쉽지 않기 때문이다.

그러니 그는 자신처럼 꼼수를 부리는 변호사 타입을 만나보기 힘들었을 것이다.

'그리고 꼼수라면 내가 다 알고 있거든.'

문제는 실력으로 봤을 때 노형진이 훨씬 뛰어나다는 것.

법적인 능력도, 꼼수도 말이다.

당연히 그가 무슨 짓을 할지 뻔하게 알고 있었다.

"재판장님, 이번 사건과 관련이 있습니다. 아니, 이번 재판과 관련이 있습니다."

"재판과?"

판사는 고개를 갸웃했다.

사건도 아니고 재판과 관련이 있다는 말이 이해가 가지 않았기 때문이다.

"네, 아주 중요한 관련이 있습니다."

"일단 진행하세요."

"재판장님!"

비명을 지르듯이 따지는 서병식.

그러자 재판장은 얼굴을 찌푸렸다.

"피고 측 변호사, 직업적으로 관련이 없다고 판단할 수는 없습니다. 질문이 하나도 안 들어갔는데 관련이 있는지 없는지 어떻게 압니까?"

"크윽……."

서병식은 얼굴이 창백해졌다.

'헹, 다급하겠지.'

노형진은 씩 웃으면서 증인에게 다가갔다.

"증인은 그럼 분장한 사람들을 알아볼 수 있습니까?"

"그렇지요. 아무래도 그게 직업이니까요."

"그럼 이 안에 분장한 사람이 있습니까?"

"있습니다."

"누구입니까?"

"피고입니다."

사람들의 시선이 이철수에게 향했다.

이철수는 어쩔 줄 몰라 하고 있는데, 어딘가 어색했다.

행동을 봐서는 무척이나 당황한 것 같은데 얼굴색이 바뀌지 않기 때문이다.

"하지만 피고는 그다지 티가 안 나는데요?"

"분장에는 두 종류가 있습니다. 연극 분장과 영화 분장인데, 연극 분장은 대부분 관객들이 멀리서 봐야 하기 때문에 이목구비를 무척이나 강조합니다. 그래서 티가 나죠. 하지만 영화 분장은 아닙니다. 카메라로 클로즈업을 하는 경우가 많아서 최대한 자연스럽게 합니다. 지금 피고가 한 분장은 영화 분장입니다."

"그걸 지울 수 있습니까?"

"지울 수 있습니다. 제 가방에 보면 클렌징 티슈가 있습니다."

판사는 뭔가 이상하다는 생각을 하고 노형진을 바라보았다.

노형진은 판사를 보면서 담담히 입을 열었다.

"재판장님, 피고 측은 피고의 건강에 대해서 진단서를 제출한 것으로 알고 있습니다. 아닙니까?"

"그렇습니다. 사전에 제출했습니다."

"그런데 왜 분장했을까요?"

서병식은 황급하게 말을 잘랐다.

"아무래도 너무 초췌한 모습은 보이는 게 아니다 싶어서……."

하지만 판사는 개소리하지 말라는 표정이 되었다.

초췌하게 보이려고 하는 게 뻔하게 보이는데, 말도 안 되는 소리다.

"글쎄요. 그럴 거면 분장사를 쓸 게 아니라 아니라 단순 화장이면 될 것 같은데요?"

노형진이 정곡을 찌르자 서병식은 아무 말도 할 수가 없었다.

"재판장님, 허락하신다면 피고의 분장을 지우고 싶습니다만."

"승인합니다. 피고, 당장 분장 지우세요. 여기는 신성한 법정입니다."

"그……."

어쩔 줄 모르는 서병식.

"그럼…… 가서 바로 지우고 오겠습니다. 그러려면 일단 기일을 변경해 주시면……."

"그럴 필요 없습니다. 증인 가방에 마침 클렌징 티슈가 있다고 하니까요."

"……."

물론 노형진이 미리 가지고 오라고 말해 준 것이다.

누가 재판정에 전문가용 클렌징 티슈를 가지고 오겠는가?

"으으……."

서병식이 아무런 말도 못 하는 사이. 노형진은 증인의 가방에서 티슈를 꺼내서 건넸다.

"어서 지우세요."

"……."

이건 빼도 박도 못하는 상황.

"지우세요. 판사의 명령입니다."

마지막 판사의 명령.

이철수는 눈을 질끈 감고 얼굴을 티슈로 문질렀다. 그러자 드러나는 맨얼굴.

"우-우-우."

"완전 속았다."

얼마나 두껍게 분장했는지 티슈가 시커먼 색으로 변할 때마다 그의 혈색은 확확 바뀌어 갔다.

제대로 지워지지 않아 얼룩덜룩한 이철수의 얼굴에 슬슬 혈기 왕성한 피부가 드러났다.

그럴 수밖에 없다. 매일같이 보약을 달고 살고 수시로 건강검진을 받던 인간이었으니 말이다.

"저, 저······."

"피고가 제출한 건강 기록에 따르면 피고는 심각한 심장 질환과 저혈압 그리고 노인성 질환 등을 앓고 있다고 했는데, 그것치고는 무척이나 혈색이 좋은 것 같습니다."

노형진이 살짝 비꼬자 판사의 눈에서는 불이 피어올랐다.

"피고 측 변호사, 설명해 보시죠."

"오늘은 컨디션이 좀······ 좋은 편이라······."

"컨디션이 좋다고요? 뭐, 인정합니다. 지난달 건강검진에서는 매우 건강한 상태라고 나왔다면서요?"

"지난달?"

"네. 그나저나 조심하셔야지요. 고작 20일 만에 그렇게 건강이 나빠지시다니."

말도 안 되는 소리다.

20일 만에 사람의 건강이 그렇게 확 나빠질 리 없다. 더군다나 재산이 400억도 넘는 사람이 말이다.

그건 단 한 가지 경우를 뜻한다.

"재판장님."

"뭡니까?"

"증거 1호 제출합니다. 피고가 건강검진을 받은 병원의 사업자 등록증입니다."

"응?"

무슨 소리인가 하고 받아 든 판사는 기가 막혀서 말이 안 나왔다.

사업자 등록증에 이철수라는 피고의 이름이 대표명으로 떡하니 걸려 있었던 것이다.

"피고…… 이거 어떻게 된 겁니까?"

얼굴색도 좋고 건강 상태도 지난달까지 멀쩡하고, 이제 건강검진을 받은 병원도 자기 소유다.

"그게……."

"지금 피고 측, 판사를 농락한 겁니까?"

"농락한 게 아니라……."

서병식은 어쩔 줄 몰라 했다.

설마 자신들이 검사한 병원까지 파고들었을 줄은 몰랐던 것이다.

"후우."

판사는 화가 난 듯 심호흡하더니 법원 경찰을 불렀다.

"피고에게 법정 모독으로 구류 20일을 선고합니다. 끌고 가세요."

"헉!"

이철수는 당황해서 주변을 둘러보았다.

하지만 주변의 시선은 차갑기만 했다.

서병식도 어찌할 수가 없었다. 이미 선고가 떨어졌기 때문이다.

"피고 끌고 가요."

"재판장님! 잘못했습니다. 한 번만 봐주십시오!"

이철수는 애타게 애원했지만 이미 판사는 열 받을 대로 받은 상태였다.

'쯧쯧, 멍청하기는.'

꼼수를 부리는 건 좋다.

하지만 꼼수를 부릴 때 조심해야 하는 것은, 절대로 상대방에게 걸리지 말아야 한다는 것이다.

'분장이라니, 생각이 있는 거야, 없는 거야?'

자신이라면 절대로 분장을 선택하지 않았을 것이다.

분장은 바로 코앞에서 지워지는 물건.

그냥 나중에 아는 것과 눈앞에서 당하는 것은 전혀 다르며, 후자가 훨씬 더 분노를 일으킨다.

"재판장님!"

끌려 나가는 이철수를 보면서 사람들은 어이가 없어서 혀를 끌끌 찼다.

"와, 완전 어이없다."

"진짜 나이를 헛먹었네. 무슨 개념이 저렇게 없냐."

사람들이 이철수를 욕하는 사이 판사의 날카로운 시선이 피고 측 변호사인 서병식에게로 향했다.

"피고가 법정 모독으로 구류되었으니 이번 재판은 피고 없이 하겠습니다. 불만 있습니까?"

"어…… 없습니다."

서병식은 진땀을 흘렸다.

그럴 수밖에 없는 것이, 이 짓을 자신이 했다는 것을 판사가 모를 리 없기 때문이다.

그럼에도 자신을 그냥 둔 건 궐석재판, 그러니까 피고가 없는 상태에서 재판하겠다는 뜻이다.

그건 자기 사건을 타인에게 넘기지 않겠다는 것과 동시에 자신이 찍혔다는 뜻이다.

'망했다.'

서병식은 울고 싶어졌다.

"친애하는 재판장님, 피고 이철수는 자신의 요구를 들어 주지 않는다는 이유로 고의적으로 소방관의 출동을 방해했습니다. 그로 인해 원고들은 일찍 진압할 수 있었던 화재를 막지 못해 전 재산이 소실되었을 뿐만 아니라, 구급차의 출동이 막혀 두 명의 사망자가 발생되었습니다."

노형진은 차근차근 이철수의 범죄를 말하기 시작했다.

"피고는 자신의 수영장에 물을 채워 주지 않는다는 이유로 고의로 자신의 승용차를 소방서의 입구에 주차시킴으로써 그들의 출동을 방해하였습니다."

"재판장님, 고의가 아닙니다. 피고는 업무상 주차장이 없어서⋯⋯."

노형진의 말에 잽싸게 말을 끊는 서병식.

하지만 노형진은 비웃음만 나올 뿐이었다.

"재판장님, 여기 피고의 재산 내역을 증거로 제출합니다."

"재산 내역은 이번 사건과 전혀 관련이 없습니다!"

"관련이 없다니요. 이 재산 내역에 따르면 피고의 재산은 대략 400억 원입니다. 재산이 400억이나 있는 사람이 돈이 없어서 유료 주차장을 사용하지 못한다는 것이 말이 됩니까? 더군다나 피고의 사업 내역을 조회해 본 결과, 근처에 피고가 소유한 주차장이 세 군데나 됐습니다."

서병식은 아차 싶었다.

설마 주차장 소유 내역까지 알아낼 거라 생각하지 못한 것이다.

'내가 바보냐?'

상대방 재산 조회를 조금만 해 보면 모든 것이 다 나온다.

그런데 주차할 곳이 없어서 주차를 거기에 했다니.

"주차한 사실은 인정합니다. 하지만 그로 인해 전소의 피해가 났다는 것은 인정할 수 없습니다."

서병식은 어떻게 해서든 민사적 책임을 벗어나려고 했다.

"과연 그럴까요?"

"물론 불법 주정차에 대한 책임은 있습니다. 하지만 그 불법 주정차에 대한 과태료 정도면 되는 거지, 그로 인해 발생하는 모든 피해에 대해서 배상할 책임은 없습니다. 출동한 소방차가 불법 주정차 때문에 불을 못 껐다고 그 사람에게 피해 배상을 요구할 수는 없는 겁니다."

"일반적인 불법 주정차는 자신의 주택 근처에 대는 것입니다. 하지만 피고는 자신의 차량을 소방서 앞에 고의적으로 주차시켰습니다. 아닌가요?"

"불법 주정차는 장소와 관련이 없지요."

"하지만 그게 고의성이 있다면 관련이 있지요."

"고의성은 없었습니다."

고의성이 없다고 우기는 서병식.

"그래요? 하지만 결과적으로 그로 인해 두 명의 사망자가 났습니다만?"

"그렇게 사망자가 날 거라고 누가 예상이나 했겠습니까? 일반적으로 해당 지역에서 사망자가 나는 경우는 드뭅니다. 재판장님, 여기 기록을 봐 주시기 바랍니다. 해당 기록에 따르면 주차된 일주일간 사망자가 두 명이라고 되어 있는데, 다른 시기를 보면 사망자가 한 명도 없는 경우도 많습니다. 즉, 그저 운이 좋지 않았을 뿐이지 그 사망에 피고의 책임이 있는 것은 아닙니다."

서병식은 운이 안 좋았다는 식으로 몰아가기로 한 듯 자신이 준비한 자료를 공개했다.

"이 기록에 따르면 해당 지역에서 노환이나 기타 질병으로 인한 사망을 제외하고 매주 네 건 정도의 사망 사건이 벌어집니다. 즉, 도리어 이번 주 두 명의 사망은 확률적으로 무척이나 낮다는 것을 알 수 있습니다. 즉, 피고의 불법 주차가 아무런 관련도 없다는 반증입니다."

노형진은 코웃음이 났다.

'지랄을 한다.'

지난여름은 유난히 뜨거웠다. 당연히 체력이 떨어지는 사람이 사망하는 사고가 많았다.

더군다나 관광 철인 만큼 휴양객도 많았고.

그러나 이제 가을. 관광객도 없고 덥지도 않아서 사망자가 줄어들 수밖에 없다.

"사망자의 숫자가 중요한 게 아니라 그 사망자가 사망에 이르는 시간이 중요합니다. 첫 번째 환자는 불법 주차로 인해서 출동하지 못하는 사이 결국 심장마비의 골든타임이 지나갔고, 두 번째 사망자는 교통사고 후 과다 출혈로 사망했습니다. 만일 제시간에 도착했다면 충분히 지혈할 수 있었다는 소견서도 증거로 제출되었습니다."

노형진은 서병식을 대차게 공격했다.

"이는 명백하게 살인의 고의가 있었다고 봐야 합니다."

서병식은 펄쩍 뛰었다.

"절대 아닙니다. 그럴 리 없지요. 살인의 고의라니요."

"그래요?"

"말도 안 됩니다. 불법 주차를 했다고 살인의 고의가 있다는 게 말이 됩니까?"

우연히 사고가 난 것과 작심하고 죽이려고 덤빈 것은 전혀 다르다.

당연히 그 배상금도 달라진다.

'그리고 살인의 고의를 인정할 수가 없겠지.'

현재 이철수는 피해자들에게 부작위에 의한 살인으로 고발당한 상태다.

아무리 형사와 민사가 따로 진행된다고 해도 민사에서 부작위에 의한 살인으로 배상금이 떨어지는 경우에는 형사도 영향을 받을 수밖에 없다.

'당연히 어떻게 해서든 막아야겠지.'

"피고는 절대로 누군가가 죽어도 된다는 생각에 사건을 진행한 것이 아닙니다. 절대로요."

"증거 있습니까?"

"아니, 증거는 주장하는 쪽에서 내야지요!"

발끈하는 서병식. 노형진은 그 말을 기다렸다.

"우리는 증거 있는데요?"

"뭐…… 뭐라고요?"

"재판장님, 갑제 7호 녹음 내역을 제출하는 바입니다."

노형진은 이미 서류화가 끝난 녹음 내역을 제출했고 서병식은 당황해서 어쩔 줄 몰라 했다.

"해당 통화 내역은 그 당시 소방관과의 통화 내역입니다."

노형진은 녹음기를 재생시켰고 그걸 들은 서병식은 얼굴이 사색이 되었다.

─아저씨! 당장 차 빼요! 구급차 나가야 한단 말입니다!

─내가? 왜? 나 바쁜 사람이야. 너 같은 거지새끼랑 놀 시간 없어.

─뭐라고 하든 일단 차부터 빼라고요!

─나 지금 구룡포 가는 중이니까 알아서 빼. 난 몰라.

─진짜 이럴 겁니까? 지금 긴급 출동해야 한단 말입니다! 사람 목숨이 달렸어요!

─내 알 바 아니지. 내 목숨인가? 내 목숨 아니야. 난 상관없어.

ㅡ이거 벌금 나오는 거 모릅니까!

ㅡ그까짓 벌금, 내지 뭐. 몇 푼이나 한다고.

웃긴 일이다.

수영장에 물 채우는 데 들어가는 돈이 아까워서 소방차를 부르려고 했던 인간이 돈 얼마 안 한다고 못 치우겠다니.

ㅡ야, 이 새끼야! 미쳤어! 사람이 죽어 간다니까!

결국 폭발하는 소방관.

하지만 이철수는 만만하지 않았다.

ㅡ나이도 어린 것이 어따 대고 소리야! 응? 공무원이면 공무원답게 내 말을 들어야지! 뭐? 새끼야? 너희 청장이 너 이러는 거 알아!

ㅡ사람이 죽는다고!

ㅡ내 알 바 아니라니까! 어른한테 새끼? 새끼? 너 잘 걸렸다. 너 민원 넣어서 죽여 버릴 거야! 알아!

노형진은 거기까지 재생하고는 녹음기를 껐다.

"보다시피 소방관은 사망 가능성에 대해서 수차례 이야기했습니다. 하지만 피고 이철수는 끝까지 차를 빼지 않았습니다. 그로 인해 해당 출동은 31분이 늦어졌으며 현장에 도착했을 때 피해자는 심장마비로 사망했습니다."

"어…… 어떻게……."

서병식은 얼굴이 사색이 되었다.

분명히 이런 내용은 없었다. 아니, 없어야 했다.

그런데 어떻게 녹음됐단 말인가?

"도대체…… 이건 어디서 나온 겁니까! 이건 조작입니다!"

말도 안 된다며, 조작이라면서 발끈하는 서병식.

하지만 노형진은 이미 할 말이 있었다.

"소방차에 달려 있는 블랙박스는 내부에 있는 소리도 녹음이 되는 모델입니다. 당연히 차량에 탑승한 채로 통화한 것이지요."

"그런데 어떻게 피고 목소리가 들어간 겁니까! 이건 말도 안 됩니다!"

"피고 측 변호인, 소방복 안 입어 보셨지요? 그거 무겁고 둔탁합니다. 당연히 그걸 입고 귀에 전화기를 대고 통화하기는 힘들지요. 그러니까 스피커폰으로 통화하는 게 보통입니다."

차를 빼기 위해서 통화했는데 그게 다 녹음된 것이다.

"그나저나 피고 목소리가 맞다는 건 인정하신 거네요."

서병식은 아차 싶었다.

이철수의 목소리가 아니라고 우겼어야 했다. 그런데 실수로 자신도 모르게 그 목소리가 맞다고 인정한 것이다.

"그건…… 비슷하기는 합니다만……."

"원하시면 음성 대조를 하도록 하지요."

"……."

할 말이 없었다.

비슷하다고 말하기는 하지만 사실 비슷한 정도가 아니라 아예 똑같다고 봐야 하기 때문이다.

"더군다나 그 당시 기록에 따르면 결국 차를 빼지 않았습니다. 사람이 죽어 간다는 사실을 고지받았으며, 그럼에도 불구하고 자신은 알 바가 아니라는 식으로 대답했고, 실제로도 끝까지 나 몰라라 한 것이지요."

"그렇지만 거기서도 말했다시피 구룡포라고 하지 않습니까! 구룡포에서 거기까지 거리가 얼마나 된다고 생각합니까?"

아무래도 목소리 가지고 따지는 것은 불가능하다고 생각한 건지 서병식은 언성을 높였다.

"구룡포가 멀기는 하죠."

노형진은 고개를 끄덕거렸다.

확실히 구룡포에서 차를 빼는 것은 불가능하다.

'수긍해?'

서병식은 수긍하는 노형진을 보면서 갑자기 더욱 불안해졌다.

재판에서 수긍한다는 것은 한 가지 패를 놓친다는 뜻이다. 그래서 변호사들은 대부분 쉽게 수긍하지 않는다.

그런데 이렇게 쉽게 수긍하다니?

"하지만 우리는 여기서 통화 내역에 집중해야 합니다."

노형진 역시 그렇게 쉽게 수긍하고 싶은 생각이 없었다.

"통화 내역을 보면 구룡포 관련 언급이 이렇게 되어 있습니다. 구룡포에 가고 있다고."

"그러니까요! 그곳에서 뺄 수 있는 게 아니잖습니까!"

"물론 그렇지요. 구룡포에서 뺄 수는 없습니다. 하지만 구룡포에 가고 있다는 말은 구룡포에 있다는 뜻이 아닙니다. 말 그대로 구룡포에 가고 있다는 말이지요. 재판장님, 여기에 그날 보안 카메라 영상을 제출합니다."

노형진은 새로운 영상을 제출했다.

"그날 통화한 시간은 저녁 9시 23분. 그리고 해당 영상은 저녁 9시 30분에 촬영되었습니다."

노형진은 그렇게 말하면서 뭔가를 꺼내 들었다.

그건 해당 지역의 지도였다.

그 후에 지도에다가 동그라미를 그려 넣으면서 설명하기 시작했다.

"보다시피 해당 카메라는 여기에 위치하고 있습니다. 그리고 소방서는 여기에 위치하고 있지요. 그리고 피고 이철수의 집은 여기에 위치하고 있습니다."

동그라미와 삼각형으로 표시하며 설명하는 노형진.

"보안 카메라가 촬영된 곳에서 이철수의 집까지는 차량으로 10분 거리. 7분 정도 후에 영상에 찍혔다는 것은 통화 시 피고 이철수가 운전 중이었을 가능성이 높다는 뜻입니다. 그리고 일반적인 해당 지역의 지리로 판단한다면 피고 이철수는 해당 시간에 대량 이쯤에 위치하고 있었을 것입니다."

예상 위치를 동그라미로 그리는 노형진.

"그리고 해당 위치는 소방서로부터 대략 1.2킬로미터. 차량을 운전 중이었다면 3분 이내에 도착할 수 있는 거리입니다."

"그건 추정일 뿐이잖습니까! 그리고 차량이 주차되어 있는데 어떻게 움직입니까!"

물론 차량은 소방서 앞에 주차되어 있다. 하지만 그건 한 대뿐이다.

"재판장님, 여기 피고의 차량 소유 목록입니다. 피고는 총세 대의 차량을 가지고 있습니다. 그 당시 카메라에 찍혀 있는 차량은 독일 M사의 차량입니다. 주차되어 있던 차량은 독일산 B사의 차량이고 말입니다."

재산이 400억이나 되는 사람이 차가 한 대뿐일 가능성은 작다.

더군다나 집에 수영장까지 딸려 있다. 그것도 두 개나.

그런데 고작 차 한 대를 끌고 다닐까?

"그런 관계로 재판장님, 피고 차량의 GPS 검사를 하기 위해서 차량에 대한 조사를 허가하여 주시기 바랍니다."

"GPS?"

"내비게이션에는 차량의 움직임을 저장하는 기능이 있습니다. 내비게이션을 조사한다면 해당 차량의 움직임을 알 수 있지요. 피고는 구룡포에 가고 있다고 했지, 구룡포에 있다고는 하지 않았습니다. 그리고 해당 기록에 따르면 피고는 구룡포에 가기 위해서 출발한 것은 사실일지 모르나 소방서와 아주 근접해 있었을 가능성이 높습니다."

"허억!"

서병식의 눈이 커졌다. 설마 내비게이션에 그런 기능이 있을 거라고 생각하지 못했던 것이다.

'사람들은 쉽게 생각한단 말이지.'

애초에 조금만 생각해도 내비게이션에 그런 기능이 있으리라고 추측하는 건 어려운 일이 아니다.

그렇지 않다면 어떻게 자주 가는 곳을 기억하겠는가?

하지만 워낙 자연스럽게 쓰다 보니 가끔은 망각하는 것이다.

"그리고 이 기록대로라면 피고는 아주 가까이 있는 상황에서, 그것도 바로 움직일 수 있는 차량으로 이동 중이면서도 오지 않았다는 뜻입니다."

노형진의 말에 서병식은 머리를 열나게 굴리기 시작했다.

하지만 아무리 봐도 방법이 없어 보였다.

'그래, 머리 한번 써 봐라. 후후후.'

노형진은 서병식을 보면서 씩 웃었다.

잔머리 승부? 비웃고 말지

"노 변호사!"

갑자기 문을 열고 들어오는 김성식 변호사.

그런데 그의 얼굴이 심상치 않았다.

"큰일 났네."

"무슨 큰일요?"

"이철수가 쓰러졌다네!"

"뭐? 쓰러져요?"

"그래!"

노형진은 당황스러운 말에 자신도 모르게 벌떡 일어났다.

이철수가 쓰러지다니, 이 무슨 당황스러운 소린가?

"그게 무슨 말입니까?"

"말 그대로일세. 이철수가 쓰러졌다네. 지금 법원에서 연락이 왔네."

"이 무슨……."

노형진은 정신이 아찔했다.

물론 쓰러져도 불쌍한 건 아니다.

노형진이 걱정하는 것은, 그렇게 피고가 쓰러져 버리면 판사가 불쌍하다고 배상금을 깎아 주는 경우가 많기 때문이다.

'그럴 수는 없다.'

이철수에게는 얼마 안 되는 돈일지 몰라도 다른 사람들에게는 새로 집을 구해서 다시 삶을 시작해야 하는 돈이다.

그게 깎이면 의뢰인들에게는 여러 가지 문제가 생긴다.

3천만 깎여도 집을 사는 게 아니라 전세로 가야 하고, 더 깎이면 월세로 떨어진다.

"한번 병원으로 가 봐야겠습니다. 설마……."

노형진은 혹시나 그 녀석이 있는 병원이 본인의 병원인가 하는 생각이 들었다.

"아닐세. 다른 병원이야."

"그래요?"

"일단 가세."

"네."

노형진은 그곳으로 가기 위해서 내비게이션에 주소를 입력했다.

이것이 법이다

그러나 그걸 찍고는 고개를 갸웃했다.

"어?"

"왜 그러나?"

"제법 머네요?"

"그게 무슨 상관인가?"

"잠시만요……."

노형진은 병원이 왠지 이상하다는 생각이 들었다.

"이상하네요."

"왜?"

"쓰러졌다면서요?"

"그래."

"그럼 구급차가 출동했습니까?"

"응? 그게 무슨 소리인가?"

"잠시만요. 출발하면서 확인할 게 있습니다. 운전 좀 해 주실 수 있습니까?"

"기꺼이 그러지."

노형진이 뭔가 이상하다는 것을 알아채자 김성식은 기꺼이 자신이 운전대를 잡았다.

노형진이 몇 가지 확인할 게 있다는 것도 있지만, 생각을 해야 하는 것도 있기 때문이다.

노형진은 그곳으로 향하면서 소방관에게 전화했다.

"혹시 이철수에게 출동하셨습니까?"

―네? 아니요. 그런 적 없는데요.

"흠…… 그러면 그곳에 있는 태자병원이라는 곳에 대해서 아십니까?"

―태자병원요? 그곳 뇌 질환 전문 병원이라고 알고 있습니다.

"그래요?"

―네.

"구급 절차가 어떻게 되죠?"

―일단은 가장 가까운 병원이죠.

노형진은 몇 가지 사실을 확인하고는 전화를 끊었다.

그리고 한참 침묵을 지키면서 머릿속을 정리했다.

'뭔가 이상하다고 느낌이 와……. 왜 태자병원이지?'

그렇게 얼마나 지났을까, 노형진은 머릿속이 정리되면서 대충 상황을 알 것 같았다.

"이철수가 꼼수를 부리는 것 같군요."

"뭐? 이철수가?"

"네."

노형진은 그렇게 확신하고 있었다.

그렇지 않다면 이건 말도 안 되는 일이다.

"태자병원은 뇌 질환 전문 병원입니다. 뇌졸중 같은 걸 치료하는 곳이지요."

"그런데?"

"그런데 거리가 이철수의 집에서 제법 멉니다."

아까 내비게이션을 찍으면서 그걸 확인했다. 그래서 이상하게 생각한 것이다.

"그런데?"

"그런데 생각해 보십시오. 뇌 질환은 급박하게 옵니다. 입원이 아니라 쓰러졌다는 것은 아주 급하게 왔다는 것입니다. 그러면 보통은 집에서 가까운 곳으로 갑니다. 그건 이철수가 소유한 병원이죠. 그런데 왜 멀리 있는 태자병원으로 갔을까요?"

"뇌 질환일 수도 있지 않나?"

"그걸 어떻게 압니까, 구급대원이 본 것도 아닌데? 구급대원이 있다면 모를까, 없는 상황에서는 사람은 당연히 가장 가까운 병원으로 가지 않습니까? 그것도 자기 병원이 가장 가까운데?"

"그러고 보니 그렇군."

김성식 변호사도 듣다 보니 이상하다는 생각이 들었다.

어떤 미친놈이 급박한 상황에서 먼 병원을 간단 말인가?

설사 뇌 질환이 확실하다고 하더라도 가장 가까운 병원에서 응급처치를 하고 가는 것이 보통이다.

"더군다나 구급차가 출동하지 않았습니다. 그러면 다른 차량으로 움직였다는 건데, 이해가 갑니까? 사람이 쓰러졌는데 다른 차량을 움직인다? 그것도 뇌 질환 의심 환자를?"

"흠……."

우리나라는 응급 체계가 무척이나 잘되어 있는 편이다.

아무리 소송한다고 하고 사이가 안 좋다고 하지만 사람 목숨이 달려 있는 이상 그들이 출동하지 않을 가능성은 없다.

"그러면 켕기는 게 있다는 뜻이군."

"네, 아마…… 뒤에서 꼼수를 부리려고 하는 거죠. 이것도 그 서병식인가 하는 변호사의 작전일 겁니다."

"작전?"

"네. 대충 알겠네요."

"뭘 말인가?"

"슬슬 검찰에 넘어갈 시간 아닙니까?"

"아!"

그제야 김성식은 그가 노리는 것을 알 수 있었다.

"처벌을 낮추려고 하는 거군."

"더불어 우리한테 줄 돈도 깎고 말이지요."

이제 경찰 조사가 어느 정도 마무리되고 검찰로 넘어갈 시간이다.

그러면 형량이 구형되고, 이런 경우 실형을 피할 수 없다.

"하지만 피의자가 쓰러져서 사경을 헤맨다고 하면 전혀 다른 이야기가 되지요."

"그렇겠지."

당장 거동도 하지 못하는 사람을 교도소에 넣을 수는 없다.

결국 최선은 집행유예가 될 것이다.

"벌금이야 뭐 많아 봐야 1억도 안 나올 테니."

"집유가 나오면 남는 장사죠. 더불어 우리랑 하는 민사도 배상금을 깎을 수 있을 겁니다."

"미친…… 우리가 민사만 담당해서 형사 쪽을 잊고 있었군."

김성식은 혀를 내둘렀다.

설마 이런 식으로 머리를 쓸 줄이야.

"그런데 왜 먼 거리로 갔을까?"

"일단 뇌 질환으로 위장해야 하니 전문 병원으로 가는 게 좋을 거라 생각했을 겁니다. 그리고 자기 병원은 우리한테 한번 걸렸잖습니까?"

"그렇겠네."

자칫 잘못하면 허위 진단서를 끊어 준 자기 병원이 의심을 받을 수 있다.

그러니 아예 의심받지 않을 다른 병원을 고른 것이리라.

"물론 돈만 있으면 허위 진단서 끊어 줄 녀석들은 많으니까요."

"미친놈, 나이 처먹고도 그러고 싶을까."

"나이 처먹었으니 그러고 싶은 겁니다."

그 나이에 감옥에 들어가면 사실 살아 나올 가능성은 낮다.

더군다나 호의호식하면서 평생을 살아온 그다. 그런 그가 감옥에 적응해서 안전하게 살다가 나온다?

'말도 안 되지.'

일반적으로 이런 경우는 수형 생활을 하다가 체력이 떨어져서 나오는 것이 보통이다.

'그리고 보통은 그게 끝이지.'

그 나이에 수형 생활을 하다가 질병을 이유로 나온다는 것은 사실상 수명이 얼마 안 남았다는 소리다.

더군다나 지난번에 질병으로 인한 형 집행정지가 노형진이 만든 뒷북 뉴스에서 대차게 걸리는 바람에 형 집행정지도 받기 힘든 상황.

"그러니 작전을 짠 거군."

"그렇지요."

"그럼 어떻게 할 건가?"

"가 봐야지요."

그쪽에서 그렇게 한다면 노형진도 방법이 있었다.

⚖️

"으어어어."

침대에 누워서 말도 못 하고 그냥 몸을 비틀고 침을 질질 흘리는 이철수.

그리고 그 옆에 있는 서병식.

"이제 만족합니까?"

표독스러운 눈빛으로 노형진을 바라보는 서병식.

"제 의뢰인은 쓰러졌습니다. 죽지는 않았지만 평생 이렇게 살아야 합니다. 이런데도 소송을 계속할 겁니까?"

"해야지요. 그가 이 꼴이 났어도, 당신이 대리인이잖습니까."

"진짜 독하군요."

노형진을 보고 치를 떠는 서병식.

"당신 의뢰인은 한 명이지만 내 의뢰인은 여러 명이거든요."

그의 의뢰인은 쓰러졌을 뿐이지만 노형진의 의뢰인은 당장 미래가 막막한 상황이다.

"일단 소송은 진행될 겁니다."

"흥, 마음대로 해 보시죠."

"할 겁니다."

노형진은 그렇게 말하면서 이철수에게 다가갔다. 그리고 그의 손을 꽉꽉 눌렀다.

"뇌출혈로 쓰러지면 이렇게 마사지를 하면 좋다고 하더군요."

이철수의 몸 여기저기를 마사지하는 노형진의 모습에 서병식은 얼굴을 찌푸렸지만 아무 말도 하지 않았다.

물론 노형진이 진짜로 이철수 좋으라고 누른 게 아니었다.

'그럴 줄 알았다.'

그 너머에서 흘러들어 오는 이철수의 기억과 생각.

그는 지금 당장 노형진을 때려죽이고 싶어 하고 있었다.

'여기서 나가면 날 죽여 버리겠다……. 후후후, 과연 나갈 수 있을까?'

노형진은 그에게서 손을 떼면서 물러났다.

"그럼 이만 가 보겠습니다."

"흥!"

서병식은 그런 노형진을 보면서 인사도 안 했고, 노형진도 더 이상 아무 말 하지 않고 김성식과 함께 그곳을 나왔다.

"어떤가?"

"확실히 가짜인 것 같습니다."

"의사도 아닌데 어떻게 아나?"

"꾹꾹 누르면서 신체 반응을 좀 봤습니다. 일반적인 환자들과 반응이 좀 다르더군요."

"그런가?"

잘 모르는 김성식은 고개를 끄덕거렸다.

"어쩔 건가?"

"글쎄요……. 재검을 요청한다고 해도 결국 저쪽에서 받아들여 줄지 모를 일이고."

설사 한다고 해도 400억이면 그 재검하는 의사를 꼬시는 것은 일도 아니다.

"그렇다면 어쩔 건가?"

"흠……."

노형진은 뭔가를 생각하다가 씩 웃었다.

"아무래도 소방관분들의 도움을 청해야겠습니다."

"소방관들에게?"

"네."

노형진은 미소를 지었다.

⚖

"크흠……."

병원 원장은 얼굴이 사색이 되었다.

"몰랐습니다."

"믿어 드리죠."

"아닙니다. 진짜로 몰랐습니다. 해당 의사가 그 병원에 있다가 오기는 했지만……."

아니나 다를까, 그를 담당하는 의사는 원래 이철수가 운영하는 병원에 있다가 온 사람이라고 했다.

"그래서 그의 의견을 받아들인 겁니까?"

"딱히 우리를 속일 거라고 생각하지 못했습니다."

진땀을 흘리는 원장.

'흠…… 진짜 모르는 것 같기는 한데…….'

원래 겁주려고 한 건데 진짜 모른다면 그럴 필요는 없다.

"그렇다면 우리를 도와주실 수 있나요?"

"네?"

"만일 이대로 우리가 고발하면 수사 들어오는 거 아시죠?"

병원장은 움찔했다.

아무래도 병원을 운영하다 보면 약간의 불법은 들어갈 수밖에 없다. 그러니 움찔할밖에.

"하지만 도와주신다면 고발 안 하고도 해결할 수 있는 방법이 있지요."

"어떻게요?"

"당신들이 고발하는 겁니다."

"네? 고발요?"

"네."

"하지만 무슨 죄로요?"

이철수는 환자다. 자신들이 어떻게 고발한단 말인가?

"의료보험 부정 수급 정도면 되겠네요."

"아…… 그 방법이 있군요."

이철수가 치료받기 위해서 입원한 이상 당연히 의료보험의 혜택을 입는다.

그런데 그는 멀쩡한 상황에서 입원했으니 당연히 의료보험 부정 수급이다.

만일 병원에서 그를 고발하면 수사 대상은 이철수일 뿐, 병원은 아니다.

"그러면 바로 고발하겠습니다."

"잠시만요."

당장이라도 고발하려고 하는 원장을 노형진이 말렸다.

"그냥 고발하면 아무래도 증거가 없지 않습니까?"

"네?"

"그 의사가 이미 증거를 다 조작해 놨을 겁니다. 그런데 고발한다고 무슨 의미가 있겠습니까?"

"음……."

확실한 증거 없이 고발하면 지난한 법적 싸움만 계속될 뿐이다.

"그러면 좋은 방법이 있으신가요?"

원장은 땀을 뻘뻘 흘리면서 물었다.

선선한 가을임에도 불구하고 그러는 걸 보니 켕기는 게 많은 모양이다.

'뭐, 나랑은 상관없지.'

노형진은 그에게 입을 열었다.

"그냥 입조심만 좀 해 주시면 됩니다."

"입조심?"

"네."

노형진의 말에 그는 고개를 갸웃했다.

⚖

"망할 놈들 같으니라고."

이철수는 이를 박박 갈았다.

사람이 침을 질질 흘리면서 병신 흉내를 내는 것은 쉬운 일이 아니다. 안 쓰던 근육을 비정상적으로 틀어야 하기 때문이다.

그렇게 몇 시간씩 있는다는 게 결코 쉬운 것은 아니다.

"조금만 더 참으세요. 일단 집유가 나오면 그때는 그냥 다니셔도 됩니다."

집행유예가 나오면 일사부재리의 원칙에 따라서 추가적인 조사나 처벌은 없다.

그러니 그때는 마음대로 다녀도 된다.

"그 망한 새론인지 그놈들은 어떻게 하나, 엉? 그 새끼들 때문에 내 돈이 얼마나 손해 보는지 알아?"

"압니다. 하지만 어쩔 수 없습니다. 일단 민사 부분에서는 이길 수가 없습니다."

이철수가 소방차와 구급차의 출동을 방해한 사실은 명백하다. 그러니 서병식이 아무리 날고뛰어도 뒤집을 수는 없다.

"그 부분은 일단 최대한 깎는 쪽으로 하면 됩니다. 사실 회장님의 입장에서는 푼돈 아닙니까?"

"아까운 건 아까운 거라고."

"압니다. 하지만 그래도 교도소에 가는 것보다는 훨씬 나으신 겁니다."

"끄응……."

하긴, 교도소에 있으면 아무리 돈이 많아 봐야 의미가 없다.

물론 그가 돈을 가지고 있으니 대우가 좀 더 나아질 수는 있지만, 그렇다고 확 바뀔 수는 없다.

'젠장…… 이런 줄 알았으면 좀 더 관리를 해 두는 건데.'

그냥 동네에서 좀 살면 된다고 생각해서 중앙 부처에 로비를 안 해서, 만일 교도소에 들어가면 자신의 편의를 봐줄 만한 사람이 없다.

이 지역 유지들은 좀 알지만 새론 때문에 그들도 도와주는 게 힘들다고 손을 저을 뿐이었다.

'망할 놈들.'

자신이 챙겨 준 게 얼만데 이제 와서 모른 척하다니.

물론 그들 입장에서는 그럴 수밖에 없다. 아무리 그들의 권력이 강해도 결국 지방에서 콧방귀 뀌는 수준이지, 대검찰청 중앙수사본부 부장 출신인 김성식을 이길 수는 없었다.

'이번에 끝나면 중앙에 로비를 좀 해야겠어.'

돈이 아까워서 중앙에는 로비를 안 했더니 정작 심각한 문제가 터지자 도와줄 사람이 없었다.

"일단 사람들이 왔을 때는 누워서 온몸을 비트시면 됩니다."

"알았다고! 알았어! 망할 새론 새끼들, 내가 나가면…… 죽여 버린다."

이철수는 이를 박박 갈았다.

그렇게 이를 박박 가는 그때였다.

"킁킁…… 이게 무슨 냄새야?"

"네?"

"무슨 냄새 안 나?"

이철수의 말에 서병식은 고개를 갸웃했다.

그리고 얼마 지나지 않아서 그의 코도 냄새를 맡을 수 있었다.

"뭔가 탄 냄새가 나는군요."

"아니, 뭐가 타나?"

고개를 갸웃하는 순간이었다.

"불이야!"

갑자기 터져 나오는 고함 소리. 그리고 울리는 비상벨.

따르르르릉.

"헉!"

"불?"

그들은 깜짝 놀라 황급하게 창가로 달려갔다.

"불이야!"

여기저기서 들리는 불이야 하는 소리.

그리고 병원에서 우르르 나오는 사람들.

곧이어 건물을 꽉 채우는 자욱한 연기.

"헉!"

"진짜 불이 났나 봅니다!"

서병식은 황급하게 1인실의 문을 열었다.

그리고 그 순간 그에게 닥치는 뜨거운 바람.

"으윽!"

당장 그 뜨거운 바람뿐만 아니라 복도에 꽉 찬 연기로 봐서는 불이 건물 전체로 퍼진 모양이었다.

"늦었습니다."

그는 이미 연기 너머로 보이는 붉은색 불빛을 보고는 절망한 나머지 낯빛이 시커메졌다.

이미 불이 최상층 전체를 집어삼키고 있었던 것이다.

"무슨 소리야······."

다급하게 지팡이를 짚고서 쩔뚝거리면서 나온 이철수.

그 역시 가득한 연기와 아른거리는 불빛 때문에 문 바깥으로 나가지 못했다.

"어서 문 닫아!"

연기가 들어오려고 하자 다급하게 문을 닫는 서병식.

그러는 사이 이미 사람들은 다들 건물 바깥으로 나간 상태였다.

"불이야!"

"여기요! 살려 주세요! 살려 주세요!"

탈출하지 못한 사람들이 여기저기서 소리를 지르고 있었고, 저 멀리 소방차가 오는 것이 보였다.

"으아아!"

"살려 줘!"

서병식도, 이철수도 다급해졌다.

진짜로 불이 난 것이다, 그것도 전 건물에.

애애앵.

병원 앞에 도착한 소방차는 황급하게 물을 뿌리기 시작했다.

"여기야!"

"여기야, 여기!"

고래고래 소리를 지르는 두 사람.

하지만 사다리차는 한 대뿐이었고 이미 다른 쪽을 먼저 구해 주고 있었다.

"여기라고, 이 새끼들아! 여기부터 구해 줘!"

그들은 탈출하고 싶었지만 탈출할 수가 없었다.

그들이 있는 곳은 최상층이다. 당연히 여기서 떨어지면 죽는다.

그래서 뛰어내릴 수도 없다.

앵앵앵.

황급하게 건물에 있는 사람을 태우고 다른 병원으로 멀어지는 구급차.

그러는 사이 연기는 꾸역꾸역 그들의 방 안으로 들어오기 시작했다.

"으아아아!"

그들이 막 비명을 지르는 찰나였다.

"여기! 여기!"

드디어 창문으로 다가오는 사다리차.

그곳에 있던 소방관은 고함을 질렀다.

"한 사람밖에 자리 없어요! 천천히 한 분씩 나오세요!"

절뚝거리면서 앞으로 나가는 이철수.

하지만 나이가 있어서 절뚝거리는 그보다 당연히 멀쩡한 변호사가 빨랐다.

"저부터 구해 주세요!"

"아니, 어린놈의 새끼가!"

이철수는 발끈했다.

나이도 어린 놈의 새끼가 갑자기 자신을 제치고 먼저 나선 것이다.

"이놈의 새끼!"

"으억!"

이철수는 지팡이로 서병식의 다리를 후려쳤고, 부지불식 간에 서병식은 바닥을 나뒹굴었다.

"이놈의 새끼! 찬물도 위아래가 있는 법이다! 어디 어른보 다 먼저 살겠다고 뛰어!"

"으악!"

이어 쓰러진 서병식을 지팡이로 마구 후려치는 이철수.

"으악!"

서병식은 이철수가 지팡이로 두들겨 패기 시작하자 몸을 둥글게 말고 비명을 질렀다.

"이 새끼야!"

마구 치던 이철수는 연기가 점점 들이닥치자 황급하게 사다리차로 가기 시작했다.

하지만 그다음 순간, 생각하지도 못한 일이 벌어졌다.

"이 망할 늙은이가!"

"어억!"

벌떡 일어난 서병식이 이철수의 얼굴에 주먹을 휘두른 것이다.

"죽으려고 환장했나!"

아무리 돈 때문에 계약되어 있다고 해도 가장 중요한 것은 자기 목숨이다.

그런데 위험한 순간에 자기 살겠다고 자신을 쓰러트린 이철수를 서병식은 용서할 수가 없었다.

"어억!"

"조용히 있었더니 누굴 호구로 아나!"

"아이고! 젊은 놈이 사람 잡네!"

비명을 고래고래 지르는 이철수.

그리고 그런 이철수에게 다가가는 서병식.

하지만 그들의 행동은 다음 순간 멈출 수밖에 없었다.

"뭐 해요! 안 오고!"

소방관의 말에 둘은 황급하게 창가로 뛰어갔다.

소방관은 이철수를 보더니 얼굴을 살짝 찡그렸다.

"미…… 미안하네. 다시는 안 그럴 테니 살려 주게."

그걸 보고 움찔하는 이철수.

"그거랑 상관없이 구해 드릴 겁니다. 우리는 소방관이니까요. 이리 오세요."

"저부터 구해 주세요!"

"노약자가 우선입니다. 이리 오세요."

그러나 결국 이철수를 먼저 데리고 내려간 사다리차.

"쌰앙!"

점점 가득 차는 연기에 서병식은 절망적으로 비명을 지르며 주춤주춤 창가로 가서 기다릴 수밖에 없다.

결국 아래로 내려간 이철수는 구급차를 타고 멀어져 갔고, 그제야 서병식은 사다리차를 타고 탈출할 수 있었다.

"으으으......"

바닥에 내려선 그는 다리가 풀려서 부들부들 떨었다.

김성식은 그를 부축해서 일으켰다.

"일단 다른 병원으로 갑시다."

"당신은......"

새론의 변호사였다. 그런데 자신을 도와주다니.

"급한 건 우리 관계가 아니니 내 차를 타고 병원으로 갑시다."

"가…… 감사합니다."

구급차가 없었기 때문에 어쩔 수 없이 김성식의 차를 타고 병원으로 가는 서병식.

그런데 그렇게 그들이 멀어지고 난 후 갑자기 분위기가 확 바뀌었다.

"수고하셨습니다."

"수고하셨습니다."

고개를 숙이면서 웃는 사람들.

"오늘 소방 훈련은 여기까지 하겠습니다. 협조에 감사드립니다."

소방관의 말에 고개를 끄덕거리면서 다시 안으로 들어가는 사람들.

"무슨 소방 훈련을 이렇게 진짜처럼 해요?"

"그래야 제대로 되니까요. 여긴 공공시설이라서요."

"하긴, 날림으로 하는 것보다는 훨씬 안전하겠네요."

사람들은 오늘 벌어진 일이 소방 훈련이라고 생각하고 있었다.

사실 공식적으로는 소방 훈련이 맞다. 다만 이철수와 서병식에게만 이야기하지 않았을 뿐이다.

"수고하셨습니다."

그리고 원장이 최상층으로 가자 노형진이 웃으면서 다가왔다.

"어떻게 되었습니까?"

"완벽하게 속은 듯합니다."

"하하하."

노형진은 웃었다.

"속을 수밖에 없지요."

발연탄을 터트려서 연기처럼 꾸며 놨으니 속을 수밖에 없었을 것이다.

"사실 연기보다는 저거 때문에 속았을 겁니다."

원장은 복도에 놓여 있는 거대한 온풍기 두 대를 바라보았다.

저 두 대가 엄청나게 열기를 뿜어 댔으니 이철수와 서병식의 입장에서는 불이 났다고 생각할 수밖에 없었다.

노형진은 그것도 부족해서 붉은색 전등을 이리저리 흔들어서 마치 불이 번지고 있는 듯한 느낌까지 냈다.

"그 둘은 사정도 모르고 다른 병원으로 갔지요."

"네."

노형진의 계획은 생각보다 잘 먹혔다.

이철수와 서병식은 서로 다른 병원으로 갔다. 그래야 서로 이야기를 나눌 생각을 못 하니까.

"솔직히 싸우는 것은 생각하지도 못한 일이기는 했지만요, 후후후."

노형진은 미소를 지었다.

저들은 살기 위해서 싸웠다. 그리고 사이가 틀어져 버렸다.

"사이가 틀어진 이상 아마도 앞으로는 제대로 대응하지 못할 겁니다."

"저, 그, 그러면……."

땀을 뻘뻘 흘리는 원장.

그럴 수밖에 없었다. 어떻게든 연루되면 자신들도 곤란하기 때문이다.

"뭐, 이쪽 병원에 별일이 있겠습니까?"

노형진이 이철수와 서병식을 따로 보낸 것은 그냥 서로 이야기를 나누지 못하게 하려고 한 게 아니다.

이철수는 공식적으로 뇌졸중으로 인해서 움직이지도 못하는 걸로 되어 있다. 하지만 다른 병원에서 화재를 이유로 검사하면 다른 소견이 나올 게 뻔했다.

그리고 혹시나 그 과정을 서병식이 막을까 봐 다른 병원으로 보낸 것이다.

"뭐, 여기 병원은 별일 없을 겁니다. 고발만 하신다면요. 하지만……."

"압니다. 알아요."

허위 진단서를 써 준 의사에 대해서는 따로 징계가 들어가야 할 것이다.

"그럼 그 부분은 맡기도록 하지요, 후후후."

노형진은 병실에 들어가서 감춰진 카메라를 꺼내면서 미소를 지었다.

"이걸 보고 과연 이철수가 뭐라고 할지 기대해 보지요, 후후후."

⚖️

"이철수가 구속되었다는군."

"그렇겠지요."

노형진은 김성식의 말에 고개를 끄덕거렸다.

"한 번도 아니고 두 번이니까요."

무려 두 번이나 재판관을 기만하려고 했다.

재판부가 바보가 아닌 이상에야 당연히 구속해 수사할 것이다.

"그리고 서병식이 배신을 때린 모양이야. 선임을 취하했다고 하더군."

"그건 생각하지 못한 이득인데요? 하하하."

그들의 사이가 갈라지면서 결국 서병식은 이철수의 변호를 그만뒀다.

그리고 아주 적극적으로 자신이 아는 이철수의 비리를 까발리기 시작했다.

자신을 죽이려고 한 것에 대한 보복이었다.

"힘들지 않게 이길 것 같네."

"그럴 겁니다."

이미 두 번이나 재판부를 속이려고 했다가 걸려서 괘씸죄로 걸려든 데다가 그의 범죄 사실에 대해서 가장 잘 아는 변호사가 배신을 때렸으니 아마 살아생전에 나오기는 힘들 것이다.

"이제 우리 일은 끝난 건가?"

김성식은 고개를 갸웃했다.

하지만 노형진은 고개를 흔들었다.

"아니요. 아직 아닙니다. 반 정도만 된 겁니다."

"반이라……."

"아직 언론이 남아 있으니까요."

"하긴……."

애초에 이 사건은 노형진의 친구이자 배우인 신진혁과 관련된 것이었다.

이철수를 감방에 넣은 것은 신진혁을 때리고 있는 기자들, 아니 기레기들의 정당성을 없애기 위해서 한 예비 작업에 지나지 않았다.

"이제 우리가 본래 작업을 시작해야지요."

"끄응…… 이거, 참…… 일 커지는구먼."

노형진은 씩 웃었다.

"뭔들 안 그렇습니까?"

하지만 그렇다고 해도 해야 하는 일은 해야 하는 일이었다.

"이제는 기레기들을 청소해야지요, 후후후."

분리수거는 국가 시책이다

"와, 끝내주네."

신진혁은 노형진의 말에 킬킬거렸다.

"그래서 어떻게 된 거야?"

"어찌 되긴, 법정 구속되었지. 지금 감방에 있어. 아마 이런저런 사유로 살아생전에는 못 나올걸."

"그런 놈을 진짜……."

이를 박박 가는 신진혁.

그는 이철수가 감옥에 갔다는 소리에 환호를 질렀다.

"만두야, 그런데 그렇게 좋아할 일은 아니다."

"응?"

"그 소식을 전하는 뉴스 봤냐?"

"아니, 그러니까 너한테 듣는 거지."

노형진이 이철수를 감방에 넣어 버리면서 기자들이 주장하는 선량한 사람이라는 이미지를 박살 냈지만 그 누구도 보도하지 않았다.

"다른 신문사들이 널 죽이려고 작정한 거야."

"흠…….."

그렇지 않다면 이런 뉴스는 나와야 정상이다.

그런데 그 누구도 이철수가 살인으로 잡혀갔다는 이야기를 하지 않고 있었다.

"결국 이철수를 감방에 넣어 버린 게 의미가 없다는 뜻인가?"

"의미가 없는 건 아니야. 하지만 확실하게 목적은 알려진 거지."

"돈?"

"그래."

만일 그냥 이슈만 타는 거라면 지금쯤 각 언론사는 이 사실을 널리 알려야 정상이다.

나중에 알고 보니 신진혁이 도리어 착한 사람이다. 그게 얼마나 이슈를 타겠는가?

그럼에도 불구하고 메이저 언론사들은 그 부분에 대해서 말하는 게 없었다.

"그들에게는 이미 진실은 상관없는 거야."

"음…….."

신진혁은 심각한 얼굴이 되었다.

"그러면 아무 의미도 없잖아? 지금이라도 대국민 사과해야 하나?"

"그럴 필요는 없어. 이미 인터넷 언론에는 이야기해 놨으니까."

"인터넷 언론에?"

"그래."

조만간 노형진과 편먹은 인터넷 언론사에서 이야기가 나가기 시작할 것이다.

"그러면 좀 나아지려나?"

"좀 나아질 수는 있지만 뒤집히기는 힘들지."

아직은 인터넷 언론사의 힘이 약하다. 메이저인 것은 다 이유가 있는 법이다.

"그들을 뒤집으려면 확실하게 그들을 밟아야 해."

"밟아야 한다고?"

"그래, 이미 못이 박혀 있으니까."

사람들은 신진혁이 쓰레기라고 생각하고 있다. 그걸 아무리 항의해 봐야 이미 쓰레기라고 생각하는 이상 변명 이상은 될 수가 없다.

"이럴 때 가장 좋은 방법은 바로 기자들을 쓰레기로 만드는 거지."

"흠?"

"기자들이 쓰레기가 된다면 그들의 기사 역시 쓰레기가 되니까."

"하지만 무슨 수로? 내가 연예인 생활을 오래 한 건 아니지만 이 세계에서 기자들은 완전 갑이라고."

"그건 그렇지."

연예계에서 기자들의 파워는 상상 이상으로 강하다.

대표적인 예가 바로 열애설이다.

진짜 열애설도 있지만 반대로 가짜 열애설도 있다. 가끔은 기자가 소속사에 전화해서 이번에 열애설을 터트린다고 통고하고는 본 적도 없는 여자와 열애설을 터트리기도 한다.

"특히 연예부 기자들은…… 하아……."

"좀…… 그렇지."

그나마 사회부 쪽 같은 곳은 신념도 있고 목표도 있는 사람들이 있을 수 있다.

하지만 연예부는 오로지 단 하나, 바로 가십만 찾아다니다 보니 멀쩡한 사람도 망가지기 쉬운 곳이었다.

"그런데 그걸 어떻게 하려고?"

"일단은 사회부 쪽으로 넘겨 봐야지."

"야, 내가 연예인인데 그걸 어떻게 사회부로 넘겨?"

"만두, 넌 나만 믿으면 된다니까."

"아, 만두 아니라니까! 신진혁! 내 새 이름!"

"웃기고 자빠졌네. 넌 그냥 만두야."

"아냐, 우리 아빠 만두 가게 그만뒀다고!"

"그래도 만두야. 너 만두 킬러잖아. 내리 세끼를 만두만 먹냐, 어떻게 된 게?"

"그게 뭐 어때서? 바쁘면 그럴 수도 있지."

"바쁜 게 아니라 이야기를 들어 보니 만두 사 오라고 그랬다면서. 매니저를 그렇게 괴롭히면 쓰나."

"아냐."

"킥킥."

서로 이렇게 마구 뭐라고 하고 있었지만 그게 가능한 것은 서로가 친하기 때문이다.

오랜만에 보기는 했지만 과거의 추억은 어디 가는 게 아니었다.

"알았다, 알았어. 만두를 하든 뭐를 하든, 좀 빨리 해결 좀 해 줘라."

"왜."

"요즘 광고가 안 들어와서 난리다."

"광고? 아…… 하긴, 배우는 그게 중요하지."

"그렇지."

배우는 가수처럼 공연이나 행사를 할 수 없다. 그래서 최대 수익을 낼 수 있는 것은 다름 아닌 광고다.

그런데 이미지가 안 좋아지면서 광고가 안 들어오고 있는 것이다.

"나야 뭐 상관없다고 해도, 회사 입장에서는 어쩔 수 없지 않냐."

노형진은 고개를 끄덕거렸다.

만일 소속사가 없어지면 신진혁의 입장에서도 곤란하다.

물론 다른 곳에 갈 수도 있겠지만 이미지가 망가진 상태에서는 제대로 된 대우를 받는 것은 한계가 있다.

"알았다. 그러니까 내가 시키는 대로 해."

"그래?"

"그래. 일단은…… 소송부터 하자."

"소송?"

노형진의 말에 신진혁은 고개를 갸우뚱할 수밖에 없었다.

"부탁드립니다."

노형진은 소방관들을 보면서 진지하게 부탁을 하고 있었다.

"그거야 어려운 일은 아닌데……."

이철수 문제로 도움을 받은 해당 지역의 소방관들은 신진혁 문제를 해결하기 위해서 도와 달라는 말에 흔쾌히 고개를 끄덕였다.

"뭐, 돈이 드는 것도 아니고 틀린 말을 한 것도 아니니까 문제는 안 되는데, 그런다고 해서 상황이 바뀔까요?"

"바꾸기 위해서 여러분들의 도움이 필요한 겁니다."

"흠······."

"만두를 도와주시면 여러분들한테 제가 소방 장비를 지원하겠습니다."

"소방 장비?"

갑자기 반색하면서 반가워하는 소방관들.

'쩝······ 이 망할 현실 같으니라고.'

그럴 수밖에 없는 게, 대한민국 소방관은 지방직이다. 그래서 지원이 제대로 이루어지지 않는다.

그나마 임금 같은 것은 노형진이 나서서 강제로 받아 줬기 때문에 그 꼴을 당하기 싫어서 제대로 주는 듯하지만, 그런 게 아니라 마냥 기다려야 하는 소방 장비 같은 필수 품목들은 제대로 나오지 않는 상황이었다.

"소방 장비 상태가 많이 안 좋지요?"

"음······ 좋다고는 말 못 하겠네요."

소방관들은 곤란한 얼굴이 되었다.

이미 소방 장갑과 방화복의 수명 연한은 넘은 지 오래. 하지만 정부에서는 무조건 돈이 없다는 소리만 하면서 주지 않고 있었다.

"만일 제 부탁대로 해 주신다면 소방 장갑과 방화복을 사 드리지요."

"그거 비쌉니다만?"

"압니다. 하지만 소속사에서는 기꺼이 내줄 겁니다."

"흠……."

하긴, 아무리 그게 비싸다고 해도 자신들이 광고로 벌어들이는 돈에 비하면 말 그대로 새 발의 피다.

더군다나 나쁜 일로 뇌물을 주는 것도 아니고 소방관에게 생명과 직결된 장비를 준다는데 누가 뭐라고 하겠는가?

"부탁드립니다."

소방관들은 고개를 끄덕거렸다.

잠깐 얼굴이야 팔리겠지만 그래도 좋은 장비를 가지고 있으면 더 많은 사람들을 구할 수 있기 때문이다.

"알겠습니다."

그들의 말에 노형진의 얼굴이 환해졌다.

⚖️

"우리 소방관들은 이번에 벌어진 일에 대해서 국민 여러분들에게 진실을 알려야 할 책임을 느껴서 이렇게 전면에 나서게 되었습니다. 얼마 전 신진혁 씨가 관련된 사건에 관해서, 신진혁 씨는 애초에 폭행한 적도 없고 차량에 노인을 매달고 질주한 적도 없습니다. 도리어 폭행한 것은 이 모 씨이며 자리를 피하려는 신진혁 씨의 차량에 매달린 것도 그입니다. 그 상태에서 이동한 거리는 채 10미터도 되지 않습니다. 속도도 20킬로미터 미만이었고요. 언론에서는 도리어 신진혁 씨가 가해한 것으로 나왔는데, 사실 현장에서 본 바에 따르면 신진혁 씨는 가해자가 아니라 이 모 씨가 가해자입니다. 얼마 전 이 모 씨는 소방 업무를 방해하는 과정에서 사망자까지 발생해서 부작위에 의한 살인으로 구속되었고, 신진혁 씨는 그 점을 우려하여 그의 행동을 막으려고 했던 것뿐입니다. 이번 사건에서 진실은……."

기자회견.

그건 사람들의 관심을 끌 수 있는 가장 기본적인 방법이기는 하다.

하지만 지금 기자회견을 하는 소방관들 앞에 보이는 기자들의 숫자는 얼마 되지 않았다.

그나마도 인터넷 언론사의 기자들이 다였다.

"역시 안 오네요."

노형진은 기자들을 보면서 이야기했다.

그 당시 사건을 직접 목격한 소방관들이 공식적으로 기자회견을 하는데 아무도 안 온 것이다.

"이거…… 이래서는 의미가 없는데?"

김성식은 텅 비어 있는 기자석을 보면서 곤란한 표정이 되었다.

물론 인터넷에 사실이 알려지면 전처럼 나쁜 놈 취급을 받지 않을 수는 있다.

그러나 여전히 메이저 언론에 비하면 인터넷 언론이 밀리는 것은 사실이었다.

　　"뭐, 예상은 했으니까요."

　　노형진은 당연한 일이라 여겼다.

　　"자기네들 이권을 위해서 사람을 매장하려고 한 기레기들이 과연 여기까지 와서 진실에 귀를 기울일까요?"

　　"그럴 리 없지."

　　"그러니까 애초부터 기대는 하지 않았습니다."

　　"그렇다면 이걸 해도 의미가 없지 않은가? 그나마 인터넷에서 조금 바뀌었다고 이미지가 확 바뀌는 건 아니고."

　　"아니요. 바뀌었습니다."

　　"뭐가?"

　　"소속이 바뀌었죠."

　　"소속?"

　　"네. 지금까지는 신진혁과 연예부 기자들 사이의 문제였지요. 하지만 소방관이 끼어들면서 그건 사회부로 카드가 넘어가게 됩니다."

　　"흠…… 하긴, 그렇기는 하겠구먼."

　　김성식은 고개를 끄덕거렸다.

　　확실히 여기에 있는 사람들은 사회부 기자들이다.

　　그럴 수밖에 없다. 소방관들의 기자회견은 절대로 연예부로 볼 수는 없으니까.

"그게 뭐가 바뀌는 건데?"

"사회부는 연예부와 추구하는 게 좀 다르거든요."

"추구하는 게 좀 다르다?"

"네."

연예부는 그 태생상 가십을 좇을 수밖에 없다.

하지만 사회부 기자들은 진실을 좇으려는 본능이 강하다.

"애초에 기자들이 오지 않을 것이라는 것은 예상한 겁니다. 하지만 일단은 사회부 쪽으로 사건의 방향이 바뀐 거죠. 따라서 나중에 취재하게 되면, 두 집단이 충돌하게 될 가능성이 높습니다."

"아!"

가십을 좇는 연예부, 진실을 추구하는 사회부.

그 두 개가 충돌하면 내분이 생길 수밖에 없다.

"하지만 소속사에서는 사회부보다는 연예부를 밀어주지 않을까?"

그럴 수밖에 없다.

연예부가 이겨 봐야 자신들에게 이로운 게 없지만 만일 사회부가 이겨 버리면 자기들 손으로 자기 치부를 까발리는 꼴이 되어 버리는 것이다.

"그러니까 이제부터 연예부의 힘을 빼야지요. 그리고 그 카드가 바로 이 기자회견이고요."

"기자회견으로?"

"네."

"기자회견을 한다고 진실이 퍼질까?"

"퍼지지는 않지요. 하지만 진실에 대한 근거는 되지요."

그리고 그 근거가 있다면 다른 방법을 추구할 수도 있었다.

'자, 기다려 보라고, 기레기들아. 후후후.'

"이게 무슨……."

신화일보의 장성만은 자신에게 온 고소장을 보고 당황했다.

자신뿐만 아니라 다른 기자들에게 날아온 고소장들.

"허위 사실 유포에 의한 명예훼손?"

자신을 고소한 사람은 다름 아닌 신진혁.

"아니, 이 새끼가 미쳤나?"

기자라는 이름의 권력을 가진 그는 이렇게 고소를 당해 본
적이 없다.

물론 사회부 사람들은 자주 당하는 편이다.

그럴 수밖에 없다. 기본적으로 적이 가진 사람들이니까.

하지만 연예부는 자신들이 절대적 갑이기 때문에 자신들
을 고소하는 경우는 드물다. 그런데 고소라니?

"어이, 장 선배! 장 선배도 이거 받았어요?"

"너도?"

"네, 저뿐만 아니라 자기한테 나쁜 기사를 쓴 기자들을 모조리 고소했어요."

"이 새끼가 미쳤구나."

장성만은 자신을 고소한 신진혁을 생각하고는 이를 빠드득 갈았다.

아무리 요즘 잘나가는 연예인이라지만 이 바닥에서 갑은 자신이다. 그런데 자신을 고소하다니.

"당장 가서…… 이 새끼를 까 버려야겠어."

그는 자신의 자리에 가서 신진혁을 까기 위한 기사를 마구 써 내리기 시작했다.

연예인 한두 명쯤 매장하는 것은 흔한 일이기 때문에, 그렇게 써서 넘긴 그는 이제 내일이면 기사가 나가고 신진혁이 당장 달려와서 자신의 다리를 붙잡고 애걸복걸할 거라 생각하고 있었다.

그러나 다음 날 그를 맞이한 것은 잘못했다고 비는 신진혁이 아니라 자신을 부른 편집장이었다.

"이거 못 올린다."

"네? 아니, 왜요! 저 새끼가 우리를 도발했단 말입니다!"

"그렇기는 하지."

신진혁이 싸움을 건 이상 기자의 자존심을 걸고 생매장을 시키려고 했다.

그런데 못 올린다니?

"나도 그래야 한다고 생각은 하는데, 법원 명령이 떨어졌다."

"법원 명령?"

"그래. 소송 당사자가 기자인 만큼 언론을 이용해서 외부 압력을 행사할 가능성이 있다고, 당분간 그 신진혁 관련 글은 금지하라고 금지 신청했더라."

"뭐라고요? 무슨 말도 안 되는 소리예요? 그딴 게 어디 있습니까?"

"여기에 있지. 그리고 법원에서도 허가가 났고."

"허? 그게 말이 됩니까! 이건 언론 탄압입니다! 언론 탄압!"

편집장의 얼굴에 쓴웃음이 올라왔다.

"언론 탄압은 아니야. 일단 너랑 소송 당사자들이 신진혁에 관한 것만 올리지 말라고 한 거야. 다른 기자들이 신진혁에 관해서 쓰거나 네가 다른 안건에 관해서 쓰는 것은 아무 제한이 없다는 거지."

그런 거라면 상식적으로도 맞고 언론 탄압이라고 볼 수도 없다.

"무슨 말도 안 되는……. 이거…… 도대체 누굽니까?"

"새론."

장성만은 갑자기 등골이 오싹했다.

"뭐라고요?"

"새론이라고."

"새론요?"

"그래. 그것도 담당이 노형진이다."

"씨발……."

아무리 연예부 기자라지만 노형진을 모르지는 않는다.

아니, 노형진을 모를 수가 없다.

그가 만든 엔터테인먼트 협동조합은 이 바닥에서 강력한 힘을 가지고 있으니 말이다.

"하여간 그 때문에 우리라 해도 어쩔 수가 없다."

"젠장."

노형진이 바보도 아니고, 상대방이 기자인 만큼 분명 자기들에게 불리한 이야기를 하려고 할 것임을 모를 리 없다.

그리고 판사의 입장에서도, 충분히 납득이 가는 상황인 데다가 아예 업무에서 배제하는 것도 아니고 신진혁에 관한 기사만 안 쓰면 된다는 점에서 언론 탄압이라고 생각하지 않아 허가를 내린 것이다.

"그럼 다른 기자 이름으로 내놔요."

"넌 기사도 안 보냐?"

"네?"

"기자라는 새끼가, 쯧쯧."

편집장은 손을 까닥거려서 장성만을 가까이 불렀다. 그리고 인터넷에서 퍼지고 있는 기사를 보여 줬다.

"이건?"

"그 당시 기자들이 기자회견을 한 거다. 아무리 느리다고 하지만 이쪽에서 먼저 기사를 터트렸다. 그런데 우리가 거기다 대고 신진혁 개새끼라는 기사를 터트려 봐라. 우리 꼴이 뭐가 되냐?"

"헉!"

설마 노형진이 이런 식으로 막을 거라 생각하지 못한 장성만은 깜짝 놀랄 수밖에 없었다.

"그러면 뭡니까? 그냥 있으라고요?"

"글쎄다……. 당분간은 그냥 있어야지."

"편집장님!"

"이 새끼야, 그러니까 제대로 했어야지."

"……."

편집장은 장성만을 쏘아붙였다.

그럴 수밖에 없는 게, 장성만이 어떤 식으로 일하는지 너무 뻔하게 알고 있었기 때문이다.

물론 기자들이 일하는 방식이 다 비슷하다고 하지만 장성만은 너무 심했다.

"일단 상부에서는 이 건에 대해서는 조심스럽게 접근하란다."

"젠장……."

인터넷에 진실이 공개되었다.

문제는 인터넷의 특성상 잘못 건드리면 소문이 무서울 정도로 빠르게 퍼진다는 것이다.

"차라리 잠잠할 때 자극하지 말고 덮어 두는 게 나을 수도 있어."

편집장의 말에 장성만은 할 말을 잃어버렸다.

⚖️

"말도 안 되는 소리입니다! 우리는 언론의자유를 위해서 싸우는 기자입니다. 국민의 알 권리와 진실을 추구하는 기자입니다! 그런데 허위 사실에 의한 명예훼손이라니요!"

발끈하는 기자들.

그들을 보며 일단의 사람들이 노형진을 향해 곤란한 듯 물었다.

"저기, 그쪽에서 물러나시는 것이……."

"왜요? 구라를 친 건 저쪽인데."

"구라라니요! 우리는 제대로 취재해서 국민들의 알 권리를 충족시켜 주고 있어요!"

노형진은 피식 웃었다.

'알 권리? 지랄을 한다.'

언론중재위원회.

일반적으로 언론에서 일이 틀어지면 그걸 해결하기 위해서 협상하는 자리다.

노형진은 형사 고소를 함과 동시에 언론중재위원회를 신청했다.

'네가 안 나올 수가 없었겠지.'

일반적으로 중재만 신청하면 기자들은 만만하게 보고 안 나오는 경향이 있기 때문에 형사를 동시에 신청한 것이다.

역시 노형진이 형사소송까지 걸자 그들은 어쩔 수 없이 나왔다.

물론 노형진이 아니라 다른 사람이었다면 안 나왔을 것이다. 하지만 노형진의 이름은 무시하기에는 너무 무거웠다.

"그 말, 확신할 수 있습니까?"

"당연하지요!"

기자들의 대표인 장성만은 당당하게 소리를 질렀다.

자신이 기자 생활만 10년이 넘게 했다. 이런 소송을 한두 번 해 본 게 아니다.

아무리 소송을 안 한다고 해도 1년에 한 번은 들어온다.

"뭐가 켕겨서 이렇게 우리를 괴롭히는지는 모르겠지만……!"

"켕기는 건 없습니다. 하지만 확인차 부른 거죠."

"뭐, 마음대로 해 보세요."

마치 자신들이 갑이라도 된 것처럼 노형진을 노려보는 기자들.

"자, 자! 진정하시고, 노 변호사님도 이쯤에서 물러나시는 것이……."

"조정관님, 도대체 우리가 뭔 이야기를 했다고 물러납니까?"

조정관은 일방적으로 기자의 편을 들어 주고 있었다.

그럴 수밖에 없다.

중재를 요청한 사람은 한번 보면 끝이지만 기자들은 계속 봐야 하기 때문이다.

'도대체 이럴 거면 왜 중재위원회를 만든 거야?'

언론중재위원회는 말 그대로 언론에 피해를 입은 사람을 구제하기 위한 곳이다.

하지만 그런 행동은 전혀 보이지 않고 있었다.

"자, 그러면 제가 한 가지씩 짚어 보지요. 일단 여러분들의 취재를 하셨다고 하셨죠?"

"당연하지요!"

"누구를 취재하셨습니까?"

"당연히 그 주변에서 했지요."

"그러니까 그 주변 누구 말입니까? 여러분들도 아시죠, 제가 얼마 전에 그 사건 담당한 거. 그런데 소방관분들은 기자들이 온 적이 없다던데요?"

"……."

기자들이 서로를 마구 쳐다보기 시작했다.

'그래, 이럴 줄 알았다.'

노형진은 최초에 유포시킨 기자가 누군지 안다.

하지만 그 녀석은 여기 없다. 쏙 빼놨으니까.

'결국 마구 퍼 나른 거지.'

기자들의 고질적인 버릇인 퍼 나르기.

'정작 그게 어디서 봤는지 기억이 안 나는 모양이네.'

저들은 애초에 기사를 쓰러 그곳으로 간 적도 없다.

그러니 어디선가 누가 취재해서 나온 건 알지만, 사방에서 너도나도 마구 퍼 나르다 보니 어디서 처음으로 봤는지 기억을 못 하는 것이다.

'흐흐흐.'

그런 상황에서 최초 작성자가 없으니 서로를 바라볼 수밖에.

"말씀해 보세요. 취재하러 언제 가셨고, 어디서 어떻게 만나셨는지?"

"이 중에 누군가는 간 겁니다."

"그래요? 그래서 그 누군가가 누굽니까?"

"어…… 김 기자 아냐?"

"무슨 소리야? 난 박 기자…… 크흠…….."

딱 봐도 박 기자라는 사람의 뉴스를 퍼 나른 게 걸린 건지, 그는 잽싸게 헛기침을 했다.

그리고 그에게 언급된 박 기자는 당황해서 손을 흔들었다.

"어? 난 아냐? 난 안 기자 뉴스를 참조해서……."

돌고 돌아서 안 기자한테 왔는데, 그 안 기자는 최초에 김 기자가 아니냐고 물어봤던 사람이었다.

"결과적으로 글을 쓴 사람은 없는데 서로 열심히 퍼 나르기만 했다는 뜻이네요?"

"……."

이것이 법이다

"보통 그런 걸 허위 사실 유포라고 하지 않습니까?"

"크흠……."

그들의 얼굴이 살짝 변했다.

기사 퍼 나르기가 이렇게 큰 문제가 될 거라고는 생각도 못 했던 것이다.

"조정관님, 보다시피 그 취재 소스가 어디인지도 모르고 심지어 현장에 있던 증인들은 기자는 오지도 않았다는데, 취재요? 제가 허위 사실 유포에 의한 명예훼손으로 고소 안 하게 생겼습니까?"

"……."

조정관들도 어이가 없는 듯 기자들을 바라보았다.

"도대체 누가 그 취재 원천인 겁니까?"

"너 아냐?"

"난 아냐. 난 너인 줄 알았지."

"난 아냐……."

결국 서로가 서로를 바라보았지만 단 한 명도 그 소방서에 간 사람이 없었다.

'내 이럴 줄 알았다.'

간 적도 없는 인간들이 기사를 써 댄 것이다.

'한 명이라도 거기에 갔으면 거기에 쓰인 내용이 얼마나 개소리인지 알았을 텐데 말이야.'

하지만 그냥 베끼기에 급급했을 뿐, 누구도 직접 움직이지는 않은 것이다.

"결국 취재한 사람은 한 명도 없다는 거네요? 아, 내가 했다고 나서면 책임지셔야 하는 거 아시죠? 그리고 회사에다가 법인 카드 사용 내역 청구할 겁니다."

누군가 총대를 멜 것에 대비해서 살짝 겁을 주자 누구도 나서지 않았다.

"그러면 이걸 한번 보세요. 그 사건이 벌어진 시간에 동일한 장소에서 일주일간 촬영한 장면입니다."

컴퓨터로 동영상을 재생시키자 나오는 도로의 상태.

그런데 도로는 완전히 꽉 막혀서 움직일 생각도 하지 않고 있었다.

"그런데 뭐요? 시속 100킬로미터? 아니, 여든 살 먹은 노친네가 무슨 톰 크루즈입니까, 시속 100킬로미터 차량에 매달리게?"

"……"

말도 안 된다는 소리를 알아들은 건지 서로 눈치를 보는 사람들.

"그리고 그날 증언에 따르면 그런 일은 있지도 않았답니다. 그런데 허위 사실 유포가 아니라고요? 한번 말씀해 보시지요?"

"이건 언론의자유를 침해하는 겁니다. 우리는 국민의 알권리를 위해서……."

결국 논리적으로는 밀린다고 생각한 건지 장성만은 가장 많이 쓰이는 말을 꺼내 들었다.

바로 언론의자유.

"그래서, 언론의자유가 뭡니까?"

"네?"

노형진은 빙긋 웃으면서 장성만을 바라보았다.

"그래서 당신이 말하는 그 언론의자유가 뭐냐고 물어보는 겁니다."

"언론의자유는…….."

장성만은 말문이 턱 막혔다.

언론의자유를 이야기한다고 하지만 사실 제대로 개념을 설명할 수가 없었던 것이다.

맨날 무기로만 사용했지, 그 단어에 대해서 깊숙하게 생각한 적이 없었기 때문이다.

노형진은 그런 그를 대신해서 언론의자유에 대해서 말했다.

"언론의자유는 사실을 가감 없이 말하고 외부의 압력이나 협박에 굴하지 아니하며 진실만을 말할 수 있는 권리를 말합니다. 아닙니까?"

"그렇지요."

노형진의 말에 수긍하는 조정관.

"그런데 이 사건의 어떤 부분이 언론의자유 침해인데요? 우리가 압력을 행사했습니까? 아니면 협박했어요? 애초에 사건을 곡해하면서 엉뚱한 이야기만 퍼 나른 건 당신들 아닙니까?"

"그거야…… 취재 과정에서……."

"그러니까 취재하셨다는 증거를 가지고 오시라고요. 언론의자유를 말하기 전에 말입니다."

"……."

기자들은 아무런 말도 할 수가 없었다.

맞는 말이다. 기본적으로 언론의자유는 자신이 취재한 것에 대해서 보장받는 것이다.

남이 한 말을 그냥 베끼는 것은 언론의자유가 아니다.

'멋모르는 사람들한테 너무 쉽게 말했지.'

뭔 일만 있으면 언론의자유를 부르짖으면서 언론 탄압이라고 외쳐 댄 그들이다.

하지만 진짜 어려운 상대를 만나자 뭐라고 할 수가 없었다.

"과학적으로도 그리고 사실적으로도, 당신들이 말한 건 전혀 말도 안 되는 소리입니다. 그런데 언론의자유요?"

"언론의자유는 과학으로 말할 수 없는 겁니다."

'얼씨구? 그래서 실험한답시고 게임 중인 PC방 전원을 내리냐?'

말도 안 되는 개소리다.

물론 언론에 무조건 이론과 과학이 들어가야 한다는 것은 아니다. 하지만 언론의 가장 기본인 진실이 저들에게는 빠져 있었다.

"조정관님? 한 말씀 하시죠?"

노형진은 조정관을 바라보았다.

조정관은 힘겹게 씩 웃었다. 평소라면 기자들의 편을 들어주겠는데 오늘은 상대방이 너무 안 좋았다.

"이런 경우는 명백하게 명예훼손에 의한 허위 사실 유포 맞습니다."

"조정관님!"

"그게……."

조정관은 난처한 얼굴이 되었다.

하지만 어쩌겠는가?

자신이 아무리 봐주려고 해도 이번에는 빼도 박도 못할 상황이다.

애초에 취재라는 것 자체를 하지 않고 남의 말만 듣고 그걸 퍼 나른 기자들의 잘못이다.

"크흠…… 아무래도 이건 좀…….."

장성만은 조정관의 말에 짜증이 났다.

"그래, 얼마야? 얼마면 돼? 몇 푼이나 던져 줄까? 응?"

"어허, 장 선배."

"썅, 우리가 누군지 알아? 누군지 아느냐고! 기자야! 대한민국 기자! 알아!"

노형진은 피식 웃었다.

'기자 같은 소리 하고 자빠졌네.'

그들의 직업이 기자일지는 모른다. 하지만 그들의 영혼은 기자가 아니라 기레기일 뿐이다.

남을 뜯어먹고 사는 쓰레기 말이다.

그들은 진실을 찾기보다는 남을 몰락시키고 그걸 뜯어먹으면서 연명하는 좀비에 가까운 존재들이다.

'진짜 진실과 정의를 추구하는 기자들에게 민폐지.'

수많은 기자들이 자신의 목숨과 미래를 걸고 진실을 추구한다.

그런데 말도 안 되는 가십으로 조회 수나 따지는 주제에 기자라니.

"기자라……. 뭐, 조만간 과거형을 쓰셔야 할 겁니다. '기자였다.'라고 말입니다."

"뭐라고?"

"설마 당신들한테 당한 사람이 신진혁 한 명뿐이라고 생각한 건 아니죠?"

사색이 되는 장성만.

"당신들, 정식으로 기자협회에 제소할 겁니다."

"그래서? 뭐 어쩔 건데?"

"그 후에 당신들이 제명당하면 과연 신문사에서 뭐라고 할까요?"

그러자 사색이 되는 기자들.

그럴 수밖에 없다.

기자협회가 절대적인 존재는 아니지만 반대로 기자협회가 철저하게 한쪽을 망가트릴 수는 있다.

'흥하게 하는 건 힘들지만 망가트리는 건 쉽지.'

노형진의 계획은 간단했다.

그들이 진실을 말하지 않는다면 기자협회에 제소해서 그들의 소속 자격을 박탈당한다. 그리고 그 점을 들어서 언론사에 압력을 행사한다.

"그러면 언론사에서 무슨 생각을 할까? 제가 봐서는 대룡에서는 그런 사이비 기자가 있는 곳에는 광고를 넣지 않을 것 같은데요?"

그러자 사색이 되는 기자들.

'맞다…….'

그들은 잊어버리고 있었다.

노형진이 대룡과 밀접한 관계를 가지고 있다는 것을 말이다.

"그런다고 우리가 물러날 줄 알아!"

"압니다. 여러분들은 불타는 기자 정신을 가지고 있으니 안 물러나겠지요. 하지만 과연 신문사들도 안 물러날까요? 그 점은 참 궁금하네요."

"……."

그 말에 격하게 떨어 대는 사람들.

무슨 사회문제도 아니고 허위 사실 유포로 인한 명예훼손이다. 더군다나 잘못은 자신들이 했다.

"과연 기업에서 당신들을 도와줄까요?"

그럴 리 없다.

그들은 안다, 거기에 소속돼서 일했기 때문에. 언론이라는 조직이 돈이 안 되는 경우 얼마나 잔인해지는지 안다.

그들이 대룡이라는 거대 광고주를 놓칠 각오를 하고 기자들을 지켜 줄 리가 없지 않은가.

"그러고 보니 제가 가진 주식도 좀 되지요?"

그러자 장성만은 자신도 모르게 다리가 와들와들 떨렸다.

'맞아⋯⋯. 잊고 있었어⋯⋯. 노형진⋯⋯ 그의 다른 모습을⋯⋯.'

노형진.

투자계의 미다스.

엄청난 이득을 내면서 엄청난 돈을 가진 부자.

소문이기는 하지만 그걸 확인하기 위해 자신의 인생과 목숨을 거는 사람은 없었다.

그가 투자하면 바로 다음 날 오른다. 그가 투자했으니까.

반대로 그가 팔면 다음 날부터 주가는 추락한다. 그가 팔았다는 것은 가능성이 없다는 뜻이기 때문이다.

'그 존재 자체가 회사의 생사에 영향을 미치는 사람⋯⋯.'

만일 노형진이 그 힘을 미끼로 다른 기업에 자신들의 신문사에 광고를 넣지 못하게 된다면 어떻게 될까?

안 봐도 자신들의 신문사는 1년도 넘기지 못하고 쓰러질 것이다.

사실 언론사의 수익은 신문 자체를 파는 것보다는 광고를 파는 것에서 나온다.

그런데 노형진의 말 한마디면 회사들은 자신들의 언론사에 주는 모든 광고를 끊어 버릴 테고, 그러면 자신들은 말 그대로 끈 떨어진 연이 된다.

세상에 소속사도 없는 기자를 받아 주는 곳은 없다.

물론 언론사가 노형진과 총력전을 한다면 이길 수도 있다.

그런데 과연 언론사가 실력도 없는 기자 몇몇 때문에 거대기업과 총력전을 할까?

그렇게 정의롭게 자신의 사람을 지키는 곳이었다면 애초에 이들은 남아 있지도 못했을 것이다.

"원하는 대로 하세요."

노형진은 느긋하게 의자에 기대어 그들을 바라보았다.

"이미 당신들이 무슨 짓을 하고 다녔는지 다 압니다. 특별히 감사도 해 드릴 의사가 있지요. 당신들이 취재비라는 명목으로 과연 얼마나 빼돌렸는지, 회사에서도 참 궁금해할 것 같은데요?"

"……."

아무런 말도 없는 그들을 보면서 노형진은 피식 웃었다.

'그렇지.'

저들은 취재하려고 발로 뛰지 않는다. 하지만 취재비는 매달 꼬박꼬박 받아 간다.

그렇다면 그 돈은 어디로 갈까? 갈 곳은 뻔하다.

"자…… 잘못했습니다."

장성만은 결국 고개를 숙일 수밖에 없었다.

상대방은 언론에 대해서 너무나 잘 알고 있었다.

자신들의 퍼 나르기가 언론의 보호 대상이 되지 않는다는 것도, 그리고 자신들의 약점도 말이다.

"뭐를요?"

"그게……."

아무런 말도 하지 않는 장성만.

그가 아무런 말도 하지 않자 노형진은 그냥 자리에서 일어났다.

"아무래도 조정 결렬인 것 같군요."

"헉!"

"법원에서 봅시다. 아, 그리고 여기서 나가는 대로 다른 분들도 제소할 테니까 한번 두고 봅시다. 재산이 넉넉하기를 빌겠습니다. 민사로 인한 손해배상은 결코 적지 않을 테니까요."

"헉!"

숨을 집어삼키는 기자들.

결국 그들은 노형진에게 고개를 숙일 수밖에 없었다.

"죄송합니다……. 저희가 확인도 안 해 보고 그냥 퍼 날랐습니다."

"뭘 잘못했는지 아십니까?"

"네⋯⋯."

사실 이렇게 뉴스를 퍼 나르는 것은 흔하게 벌어지는 일이다.

하지만 이번 사건처럼 최소한의 점검도 하지 않고 하면 심각한 문제가 된다.

문제는, 우리나라 언론은 그 최소한의 검증조차 하지 않는다는 것이다.

"자, 그러면 다시 말씀을 나눠 볼까요?"

노형진은 싱글싱글 웃으면서 자리에 앉았다.

일단 저쪽에서 잘못을 인정했으니 선택할 수 있는 카드는 많아진다.

"크흠⋯⋯ 그럼 신청인 쪽의 요구 조건은 어떤 건지⋯⋯?"

조정관이 노형진 쪽을 보면서 넌지시 물었다.

"원하는 금액이 있으시면⋯⋯."

"돈요? 돈은 필요 없습니다."

"필요 없다고요?"

"네."

노형진의 말에 조정관은 고개를 갸웃했다. 이런 경우 적당한 손해배상을 요구하는 것이 보통이기 때문이다.

"그럼 생각하시는 게 있습니까?"

노형진이 돈을 요구하지 않자 다들 침을 꿀꺽 삼켰다.

돈을 요구하지 않는 경우, 원하는 것은 결국 하나뿐이다.

바로 사과 기사.

문제는 이거다. 도리어 돈을 주는 게 나을 만큼 곤란한 요구.

언론사에는 신뢰가 절대적으로 주요한데 사과 기사를 내면 언론의 신뢰도는 급격하기 떨어지기 때문이다.

"사과 기사는 좀……."

장성만은 침을 꿀꺽 삼켰다.

만일 사과 기사를 요구하면 그때는 기자의 문제가 아니라 언론사의 문제가 되어, 이런 문제를 일으킨 기자를 언론사에서 그냥 둘 리 없기 때문이다.

"사과 기사도 안 바랍니다."

"네?"

노형진은 씩 웃었다.

"사실을 요구합니다. 단, 각 언론사는 매일 한 번 이상, 최소 2주 이상 관련 뉴스를 내보내는 조건입니다."

"네에?"

사과도 아니고 진실을 알리는 뉴스라니?

"단, 조건이 있습니다. 논조와 방향은 우리가 정합니다."

얼굴을 찌푸리는 기자들.

"그건 언론에 대해서……."

"그래서, 지금 이 자리에 그때의 진실에 대해서 아는 분 계십니까?"

"……."

아무도 말을 하지 않았다.

아니, 할 수가 없었다.

"물론 우리가 준다고 해서 말도 안 되는 헛소리를 하지는 않을 겁니다."

"알겠습니다."

결국 장성만을 비롯한 기자들은 고개를 끄덕거릴 수밖에 없었다.

어차피 카드는 저쪽으로 넘어갔다.

자신들은 노형진의 말대로 현재로써는 빼도 박도 못하게 허위 사실 유포에 의한 명예훼손을 저지른 상태다.

"아, 그리고 조건이 하나 더 있습니다."

"저기…… 이미 저희가 들어 드린 조건 자체가 작은 조건이 아닙니다만."

아무리 합의라고 하지만 일주일간 언론사의 지면을 할애하는 것은 쉬운 일이 아니다.

그런데 다른 조건이 더 있다니.

"물론 무리한 조건은 아닙니다, 후후후."

⚖

"아니, 왜 사과문을 안 받고?"

신진혁은 어리둥절할 수밖에 없었다.

그럴 수밖에 없는 것이, 합의금과 사과문을 받아 내는 다른 변호사들과는 달리 일부 지면을 받아 낸 경우는 처음 봤기 때문이다.

"솔직히 말이다, 사람들이 사과문을 볼 것 같냐?"

"응?"

노형진은 피식 웃으면서 신진혁을 바라보았다.

"사과문을 올리면 사람들이 볼 것 같냐고."

"그거야……."

신진혁은 말을 하려다가 침묵을 지켰다.

느껴지는 것이 있었기 때문이다.

"그래, 네 생각이 맞아. 사과문은 올라와 봤자 안 봐."

사람들은 사과문을 올린다고 해도 보지 않는다.

그냥 사과문이 올라왔구나 하는 수준이지, 누구한테 왜 사과하는지는 그다지 관심을 가지지 않는다.

"그리고 그거 하루 올려 봐야 얼마나 보겠냐?"

"흠……."

"그리고 말이야, 요즘은 대부분 사람들이 포털을 이용해서 뉴스를 본다고. 결국 사과문을 올린다고 해도 극히 일부만 볼 뿐이야."

포털은 그 언론사의 뉴스 중 일부 주요 뉴스를 보여 줄 뿐이니 거기에 사과문이 들어갈 자리는 없다.

"물론 보는 사람들도 일부 있겠지. 하지만 그렇다고 해서 너에 대한 이미지가 바뀔 것 같냐?"

"흠……."

노형진은 경험상 그런 가능성이 낮다는 걸 알고 있다.

"정치인이나 일반인이라면 그런 게 나쁘지 않지. 외부에 드러나는 게 문제도 아닐뿐더러 자신의 명예에 관한 일이니까. 하지만 넌 연예인이야. 연예인은 이미지가 망가지면 그 손해가 엄청나다고."

"끄응, 무슨 뜻인지 알겠다."

조금만 생각해 봐도 이런 식으로 소송한 연예인들을 많이 찾을 수 있었다.

하지만 그들의 공통점은 결국 재기에 성공하지 못했다는 것.

"애초에 사과는 그냥 사과일 뿐이다. 그 후에 다시 씹어 버리면 그만이거든."

"흠……."

일단 사과는 자신의 명예는 살릴 수 있지만 이미지는 살릴 수 없다. 언론은 그런 짓거리도 많이 하기도 한다.

일단 법원 명령이 나왔으니 해당 사건에 대해 사과하기는 하지만 다른 건수를 잡아서 그를 씹는 것이다.

그들의 머릿속에는 '감히 우리가 사과를 하게 만들어?' 라는 생각이 깔려 있다.

그러니 그들에게 사건 하나에 대해 사과하게 만드는 것은 의미가 없다.

그리고 연예인으로서 중요한 것은 명예보다 이미지다.

"그러니까 장기적으로 본 거구나."

"그래."

노형진은 고개를 끄덕거렸다.

사과를 받아도 사람들의 인식에 박혀 있는 이미지를 바꾸는 건 힘들다.

"하지만 그 사건에 대해서 일종의 르포 형식으로 알려지면 사람들은 다르게 받아들이게 되지."

"르포?"

"그래. 사람들은 자극적인 것을 좋아하지. 그런데 만일 관심을 가진 사건의 진실이라는 식으로 기사가 나가면 어떻게 될까?"

"흠……."

확실히 자신에게 유리한 방향으로 뉴스가 나갈 것이다.

하지만 여전히 이상한 점은 있었다.

"그런데 아무리 언론사라고 해도 그 지면을 주는 게 쉬운 선택은 아니었을 텐데?"

"아니, 사실은 그런 지면이 있어."

"뭐?"

신진혁은 깜짝 놀랐다.

그런 지면이 따로 있다는 사실은 전혀 알지 못했기 때문이다.

"너희 소속사도 알걸."

"안다고?"

"그래."

"무슨 소리야?"

"쉽게 말해서 보도 자료야."

"보도 자료?"

"그래."

연예 쪽은 매일같이 사건이 발생하지는 않는다. 사회면과는 다르다.

사회면은 정치부터 사회까지 많은 부분이 관련되어 있고 수많은 사건이 있지만, 어지간해서면 연예인들은 몸조심하는 것이 보통이기 때문에 사건이 자주 발생하지 않는다.

"없는 사건을 만들 수는 없잖아? 그렇다고 연예면을 무작정 비우고 갈 수도 없고."

"그렇겠네."

신문에는 최소한 어느 정도의 면은 나와야 한다는 규칙이 있다.

왜냐하면 신문의 주요 수입원은 광고이기 때문이다.

연예 뉴스가 없다고 지면을 줄인다는 것은 광고를 줄여야 한다는 뜻이고, 광고가 줄어든다는 것은 결국 버는 돈도 줄어든다는 뜻이다.

"그래서 일반적으로 연예 기획사에서 뿌리는 보도 자료라는 것을 이용하지."

"그런가?"

"그래."

보도 자료란 홍보를 위해서 연예 기획사 같은 곳에서 마치 언론에서 취재한 것처럼 쓴 것을 말한다.

얼핏 보면 기사와 비슷하고 내용도 비슷하지만 사실상 그걸 보고 나면 특정 연예인의 홍보성 기사가 대부분인 경우가 많다.

"연예 기자 쪽이 퍼 나르기가 심한 것도 그런 이유에서 그런 거야."

"아!"

그리고 이번에 그 퍼 나르기 때문에 문제가 생긴 것이고 말이다.

"뭐, 공항에서 누가 화려하게 입국했네, 어디를 갔다 오다가 본 여자 연예인의 몸매가 끝내주네 같은 건 대부분 보도 자료라고 봐도 돼."

"흠……."

"넌 연예인이면서 그것도 모르냐?"

"뭐, 그런 건 소속사에 일임했으니까."

어깨를 으쓱하는 신진혁.

"하여간 우리가 주는 글을 올릴 수 있는 공간은 언제나 있어. 그래서 내가 그걸 요구한 거고. 그리고 언론사 입장에서도 우리한테 배상금을 주기보다는 그게 싸게 먹히고."

신진혁은 혀를 내둘렀다.

다른 변호사들은 전혀 모르는 내용이었기 때문이다.

일이 터지고 다른 변호사들을 안 만나 본 게 아니다. 하지만 그들 중 누구도 이런 보도 자료에 대해서는 알지 못했다.

"일단 보도 자료 형식으로 자료를 뿌리고 나면 네 이미지는 깨끗해질 거야."

"형진아⋯⋯."

다른 변호사들은 그저 손해배상이나 받고 말려고 하는데 자신의 이미지까지 바꿔 줄 생각을 하다니, 신진혁은 왠지 코끝이 찡했다.

"질질 짜지 마라. 아직 복수 안 끝났다."

"복수? 아, 맞다! 그놈이 있었지!"

"그래. 아주 혼쭐을 내야지. 그래야 나중에 편해질 거다."

노형진은 사건의 마무리를 생각하면서 씩 웃었다.

⚖️

김길승은 갑자기 주변 기자들의 연락이 뚝 끊기자 의아함을 느꼈다.

'뭐지? 이상해⋯⋯.'

얼마 전까지만 해도 자신에게 후속 기사가 없느냐면서 다

그치듯이 물어보던 기자들이다. 그런데 어느 순간부터 아무
도 연락하지 않는 것이다.

"이상해……."

그는 그렇게 말하면서 무심결에 고개를 돌렸다.

그리고 자신도 모르게 자리에서 벌떡 일어났다.

"이게 뭐야!"

김길승은 자신도 모르게 옆 사람의 손에서 신문을 낚아챘다.

"당신 뭐야!"

옆 사람은 깜짝 놀라서 소리를 질렀지만 김길승은 그를 신
경도 쓰지 않았다.

도리어 황급하게 자신이 본 뉴스를 찾아서 살피기 시작했다.

　　이번 사건에서 시속 100킬로미터는 불가능한 것으로 밝혀
졌다. 그 당시 현장에 촬영된 카메라 영상에 따르면 그 시각 도로
의 주행속도는 최대 20킬로미터로…….

현장에서 있었던 일을 다시 취재해서 나온 듯한 뉴스.

그리고 그 뉴스는 자신의 논조와는 전혀 다른 것이었다.

"이게 어떻게 된 거야!"

그는 황급하게 지하철에서 내려서 신문 가판대로 갔다.

그리고 가판대에서 마구 신문을 집어 들기 시작했다.

"이봐요! 뭐 하는 짓이오!"

이것이 법이다

"시끄러워!"

그는 대충 주머니에서 1만 원짜리를 꺼내서 던지고서는 신문들을 보기 시작했다.

내용은 조금씩 달랐지만 확실히 자신이 쓴 것과는 다른 이야기를 하고 있었다.

결과적으로 이번 사건에서 가해자라고 알려진 신진혁은 다른 사람들의 목숨을 구하기 위해서 사회적 지탄을 무릅쓰고 나선 것으로…….

가해자였던 이철수는 소방 활동을 막아서 두 명의 사망을…….

신진혁의 발 빠른 조치가 아니었다면 더 많은 사망자들이…….

자신이 쓴 것과는 전혀 다른 이야기.

그는 멍한 얼굴로 뉴스를 바라보았다.

하지만 마지막 부분에 가서는 얼굴을 와락 일그러트릴 수밖에 없었다.

"이 새끼들이…….."

뉴스의 마지막 부분.

언론사가 다르고 기자가 달라도 마지막 부분은 다 똑같았다.

취재 결과 모 언론사의 K 모 기자가 신진혁의 소속사에 금전을 요구한 후 이를 거부하자 벌어진 일로…….

이에 언론사는 해당 기자가 현재 연락 두절이며…….

"무슨 말도 안 되는 개소리야!"

김길승은 신문들을 집어 던지고 황급하게 전화기를 들었다.

그리고 자신을 대차게 까 댄 기자 중 한 명에게 전화했다.

"여보세요? 장 선배! 우리끼리 이러기입니까!"

장성만에게 전화한 김길승은 소리를 버럭버럭 질렀다.

"내가 가져다준 뉴스가 몇 개인데 이렇게 뒤통수 까기예요!"

ㅡ…….

아무런 말도 하지 않는 장성만.

"선배! 말 좀 해요!"

차라리 욕이라도 하면 좋으련만 선배가 말을 하지 않자 김길승은 더욱 불안해졌다.

ㅡ어…… 그러니까…….

장성만은 잠시 침묵을 지킬 수밖에 없었다.

전화가 올 거라 생각하기는 했지만 정작 오자 뭐라고 할 말이 없었던 것이다.

결국 그가 할 말은 하나뿐이었다. 아니, 행동도 하나뿐이었다.

ㅡ미안하다.

"선배!"

김길승은 황급하게 장성만을 불렀지만 그 너머에서 들리는 소리는 오로지 '뚜' 하는 전화가 끊어짐을 알리는 소리뿐이었다.

"이런 썅!"

그는 황급하게 다시 전화기를 들었다. 그리고 회사로 전화했다.

"편집장님, 저 길승입니다."

도대체 상황이 어떻게 돌아가는지 알아야 했기 때문에 전화한 건데, 수화기 너머에서 들려오는 목소리는 곤란함으로 가득했다.

─이 새끼야, 지금 전화하면 어떻게 해!

"네?"

─넌 공식적으로 잠수 탄 상태라고, 이 새끼야! 네가 전화하면 우리가 곤란해지잖아!

"하…… 하지만 편집장님!"

─아, 몰라, 이 새끼야! 내가 그러니까 작작 해 처먹으라고 했지?

"해 처먹으라니요! 광고를 팔라고 한 건 편집장님이시잖습니까?"

─난 모르는 일이야! 너는 공식적으로 연락 두절이고!

"편집장님!"

―아, 진짜 말귀 못 알아듣네! 끊어!

또다시 '뚜' 하는 소리와 함께 끊기는 통화.

전화기를 들고 있던 김길승은 이를 빠드득 갈았다.

"이런 썅!"

그가 말을 못 알아들은 게 아니다. 알아들었다.

공식적으로 연락 두절. 쉽게 말해서 모든 걸 자신이 뒤집어쓰라는 소리다.

"내가 그렇게 쉽게 물러날 것 같아, 앙! 내가 누군지 알고!"

소리를 버럭 지르는 김길승.

대답은 뒤에서 들려왔다.

"누구긴, 김길승이지."

"누구?"

고개를 돌려 보니 한 남자가 미소를 지으면서 서 있었다.

"너 찾느라고 고생 좀 했다, 야."

"넌 뭐야, 이 새끼야?"

"나? 난 변호사."

"뭐?"

"그리고 이쪽 분들은 형사."

"형사? 형사가 왜……?"

하지만 그는 마지막 말을 하지 못했다.

노형진의 뒤에 있던 두 사람이 앞으로 나오면서 그의 손에 수갑을 채운 것이다.

"김길승, 널 협박 및 허위 사실 유포 및 명예훼손으로 체포한다."

"헉! 어째서!"

"어째서긴. 그거야 네가 잡혀갈 만하니까."

"자…… 잠깐! 난 아냐! 난 아니라고!"

"아니긴 개뿔. 범죄자들이 자기가 했다고 하는 거 봤냐?"

경찰에게 끌려가면서 김길승은 처절한 비명을 지르기 시작했다.

⚖️

"허허, 참."

다시 꽉 찬 광고 요청서를 보면서 신진혁은 자신도 모르게 혀를 내둘렀다.

"왜, 놀랍냐?"

"놀랍지. 얼마 전까지만 해도 하나도 안 들어오더니."

"그게 이미지의 힘이다."

노형진은 보도 자료를 절묘하게 만든 다음 다른 기자들의 이름을 빌려서 뿌려 버렸다.

기자들 입장에서는 약점이 잡혀 있는 상황이니 동의할 수밖에 없었고, 신진혁은 순식간에 자신의 안위와 상관없이 국민들의 안전을 위해서 살인범과 싸운 사람이 되어 버렸다.

"광고는 이미지야. 그리고 넌 지금 아주 이미지가 좋을 때지. 그러니까 광고가 밀려들어 올 수밖에."

"그래도 그렇지……."

밀려드는 광고를 보면서 혀를 내두르는 신진혁.

"그런데 그 기자는 어떻게 될까?"

"누구? 그 김길승인지 뭔지 하는 기레기?"

"응. 네가 그때 기자들한테 부탁한 게 그런 것인 줄은 몰랐어."

"마무리는 지어야 하니까."

노형진은 기자들에게 부탁해서 김길승과 선을 끊으라고 했다.

그리고 절묘하게 김길승을 까는 기사를 내 달라고 했다.

"쉽게 말해서 그 녀석에게 독박을 씌우라는 거지. 그 대신에 이번에 벌어진 일은 불문에 부치는 거고."

"헐……."

결국 기자들은 이번 사태의 주범이자 최초 취재, 아니 최초 조작자인 김길승에 대해서 대차게 까 버렸고 그와 동시에 노형진은 그를 협박과 허위 사실 유포에 의한 명예훼손으로 고발하여 넣어 버렸다.

"그 사람은 이제 다시는 못 돌아올까?"

"못 돌아와. 내가 왜 기자들에게 까 달라고 했는데? 기자들이 심심할까 봐? 천만에. 다 이유가 있어."

김길승을 까 버린 기자들이 있는 이 바닥이다.

기자들 입장에서는 영 불편한 관계가 되어 버린 김길승이 돌아오는 것을 원치 않을 것이다.

"그럼 그 녀석만 협박으로 넣은 건? 애초에 그 녀석이 요구한 건 돈이 아니라 광고를 사라는 거였잖아."

그 광고를 파는 것은 당연히 언론사다. 그런 만큼 고발하려면 언론사를 해야 한다.

하지만 노형진은 신진혁과 소속사에 광고 이야기는 빼고 돈 이야기만 하라고 한 것이다.

"이번에야 언론과 싸웠지만 장기적으로 봤을 때 언론을 적으로 돌리는 건 좋은 선택이 아니니까."

"아아."

지금이야 노형진의 파워에 밀리고 법적인 문제를 축소하기 위해서 한발 물러났을 테지만, 쓸데없이 언론사와 싸우면 나중에 분명히 조금만 실수해도 물어뜯어 죽이려고 할 것이 뻔했다.

"그래서……."

"그래, 그래서 다른 기자들을 처벌하지 않은 거야."

물론 노형진이 원하면 허위 사실에 의한 명예훼손으로 기자뿐만 아니라 언론사들에서 다 돈을 뜯어낼 수 있다.

그리고 다른 변호사들은 다 그럴 것이다.

"하지만 그렇게 하는 경우 너의 연예인으로서의 수명은 극도로 짧아지지."

"그렇겠네."

신진혁은 이해했다.

하지만 노형진 덕분에 언론사도 기자도 처벌받은 사람이
없다.

오로지 단 한 명, 처음 사고를 친 김길승만이 처벌받게 된
것이다.

'아예 앙금이 없는 건 아니겠지만……'

하지만 자신들에게 실질적으로 피해가 오지는 않았으니
아주 심하지는 않을 것이다.

언론사 입장에서는 한창 이슈로 기삿거리를 만들어 주고
있으니 심각하게 미워할 이유도 없고 말이다.

'최소한 형진이가 있으면 그걸 티 내지는 못하겠지.'

결국 자신과 언론사의 관계는 과거처럼 서로 이용해 먹는
관계로 다시 돌아간 것이다.

"너 학교 다닐 때 똑똑하다는 소리는 들었는데 진짜 끝내
준다."

노형진은 씩 웃었다.

"공짜는 아니다."

"걱정하지 마라. 그래도 친구 아니냐. 내가 거하게 한번
쏠게."

노형진은 고개를 흔들었다.

자신이 원한 것은 그런 것이 아니다.

어차피 돈이야 자신이 아니라 새론에서, 신진혁의 소속사에서 받아 올 것이다.

"그런 건 필요 없고."

노형진은 몸을 돌려서 가방에서 두툼한 종이 뭉치 하나와 펜을 꺼내 들었다.

"사인 좀 부탁한다."

"사인?"

"그래."

"얼마나?"

"어디 보자……."

주섬주섬 품에서 종이를 펼쳐서 보여 주는 노형진.

거기에 빼곡하게 들어 있는 이름들.

"야, 그거 이백 명은 되잖아?"

"그래. 여직원들이 자기 이름 넣어서 사인해 달래."

"너희 회사는 뭐 죄다 여직원이냐?"

"아니."

"그런데 왜 이렇게 많아! 적어도 이백 명이잖아!"

노형진은 씩 웃었다.

친구가 고생하는 것은 알 바 아니었다.

"애 딸린 아버지들이 좀 많아."

"끄응…… 망할 놈."

신진혁은 한숨을 쉬면서 펜을 꺼내 들었다.

　　이백 명이 넘게 이름을 넣어서 사인하려면 지금부터 시작해야 하기 때문이다.

　　"오늘 삭신이 쑤시게 생겼구먼."

　　"친구 좋다는 게 뭐냐, 후후후."

　　노형진은 미소를 지으면서 하나씩 이름을 부르기 시작했다.

　　"자, 첫 번째 이름은……."

-반갑습니다. 신진혁입니다.

노형진은 라디오를 들으면서 피식 웃었다.

사인을 이백서른 장 하고 죽겠다고 소리를 지르던 친구 녀석이 생각난 것이다.

-오늘 라디오에서는······.

지난번 사건 이후 신진혁은 사람들에게 엄청난 인기를 끌고 있었다.

사람들을 구하기 위해 스스로 나선 연예인이라는 이미지는 쉽게 만들어지는 것이 아니기 때문이다.

그래서 여기저기에서 캐스팅이 들어오는 모양이었다.

"라디오 듣고 있나?"

"아, 송 대표님, 들어오세요."

노형진은 송정한이 들어오자 자리를 권했다.

송정한은 익숙하게 그 자리에 앉았다.

"지난번의 그 사건, 깔끔하게 처리했더군."

"그냥 힘으로 싸워서 이기기는 좀 곤란한 사건이니까요."

연예인에게 가장 무서운 것은 무플이라는 말이 있다.

사람들이 아예 관심이 없다는 뜻이기 때문이다.

"장기적으로 봤을 때 그냥 법대로만 싸웠으면 아마 신진혁에 대해서 일절 기사를 안 써 줬을 겁니다."

"그렇겠지."

연예인, 특히 배우를 선택할 때 중요한 것은 연기력이지만, 다른 한편으로는 그 사람의 명성을 보기도 한다.

그래야 한 번이라도 더 언론에 나가기 때문이다.

그런데 영화든 드라마든 그 사람에 대해서 전혀 이야기가 안 나간다는 것은 홍보도 안 된다는 소리다.

당연히 연예인, 특히 배우들은 그런 것에 예민하다.

"그러니까 말이야, 자네 아니었으면 쉽게 생각할 뻔했어."

"아무래도 다른 세계와 함께 일한다는 것이 쉬운 건 아니죠?"

"그렇겠더군요."

송정한은 고개를 끄덕거렸다.

만일 노형진이 아니었다면 그냥 손해배상이나 몇 푼 받고 끝났을 것이다.

이것이 법이다

"그나저나 바쁘신 와중에 여기까지 오신 이유가 그냥 심심해서는 아닐 테고."

"응? 아, 맞다. 사실은 자네한테 부탁할 게 있어서 왔네."

"어떤 건데요?"

"간단한 사건인데, 화재로 인한 사망 사건이야."

"화재로 인한 사망 사건?"

"그래."

노형진은 고개를 갸웃했다.

화재로 인한 사망 사건이라고 하면 흔한 사건은 아니기 때문이다. 그리고 그렇게 판단되는 가장 흔한 사건은…….

"살인을 화재로 인한 자살이나 사고사로 몰고 가려고 하는 사건 같은 건가요?"

"어? 에이, 그런 건 아닐세. 그렇게 복잡한 건 아냐. 사망자는 세 명이고 모두 부검이 끝났어. 타살의 흔적이나 자살의 흔적도 없어. 세 명 다 연기로 인한 질식사일세."

노형진은 고개를 갸웃했다.

그렇게 확실한 사건이면 자신이 나설 일이 없기 때문이다.

"그건 너무 확실하지 않은가요? 그런 사건을 저한테 부탁하실 이유는 없을 것 같은데?"

"거참, 노 변호사, 왜 그리 성격이 급해? 일단 내 말을 들어 봐."

노형진은 자세를 똑바로 하고 앉아서 송정한을 바라보았다.

"일단 이번 사건은 호텔에 일어난 화재로 인해서 투숙객

세 명이 사망한 사고야. 호텔에서 숙박하던 사람들이지. 두 명은 내국인, 한 명은 외국인."

노형진은 고개를 끄덕거렸다.

요즘은 한국으로 혼자 여행 오는 사람도 많으니 희생자가 있는 것도 이상할 건 없다.

"그럼 그 사망자들 중에 문제가 되는 이가 있는 모양이군요. 외국인이 문제인가요?"

외국인이면 그에 관련된 정보가 없을 수도 있다.

그러면 호텔 측에서 배상해 주지 않으려고 할 수도 있다. 그냥 감춰 버리는 것이다.

노형진은 그게 문제가 되나 싶었다.

그런데 이번에도 노형진의 예상은 철저하게 빗나갔다.

"아니, 그 사람은 멀쩡하게 관광 비자로 들어온 사람인데? 투숙 장부에도 표시되었고, 결제도 카드로 했어."

"네에? 그러면 제가 아니라 다른 변호사들에게 부탁해도 될 것 같은데요."

그렇다면 다른 변호사들에게 물어보면 그다지 문제가 될 게 없는 간단한 사건이다. 그래서 노형진은 송정한의 말에 고개를 갸웃할 수밖에 없었다.

"한국말은 끝까지 들어야 한다니까. 일단 화재로 인해서 총 세 명이 죽었네."

"그런데요?"

"그런데 문제는, 그 호텔 바로 뒤에 허름한 집이 한 채 있다는 거지. 아니, 있었다는 쪽으로 바꿔야겠군. 이번 화재로 불타 없어졌거든, 한 14평쯤 되는 게."

"그런데요?"

"그쪽이 우리 의뢰인일세."

"네? 호텔 쪽이 아니고요? 그리고 14평요?"

"호텔은 아닐세. 그 허름한 집 주인이 우리를 고용했네. 정확하게는 평등재단 쪽에서 우리에게 부탁한 거지."

노형진은 고개를 갸웃했다.

대룡평등재단.

노형진과 새론 그리고 대룡이 함께 만든 곳으로, 국민들에게 공통적인 법률적 혜택을 주는 것을 목적으로 한다.

그리고 가끔은 그곳을 통해 불쌍한 사람들이 도움을 요청한다.

"14평요?"

노형진은 살짝 어이가 없었다.

14평이라니. 도대체 대한민국에 14평짜리 집이 있단 말인가?

일반적으로 평수에는 건평과 지평 두 가지가 있다.

건평은 말 그대로 건물의 넓이, 그리고 지평은 그 건물이 포함된 전체 땅.

당연히 대지를 의미하는 지평이 더 넓다. 그래서 일반적으로 집을 말할 때는 건평보다는 지평을 말한다.

그렇다면 송정한이 말한 건 고작해야 대지가 14평이라는 뜻인데.

"그러면 건평은 한 11평이나 됩니까?"

"10평일세."

"헐."

요즘은 어지간한 원룸도 10평은 된다.

그런데 집이 10평이라니?

말 그대로 단칸방이라고 할 만한 집이었다.

"어쩌다 보니 개발에서 소외되어서 완전히 고립된 집이야. 그곳에 소년 가장이 살고 있었네. 그 아이가 우리한테 도와 달라고 한 거고."

"그래요? 그럼 소송 내용이 뭔가요? 손해배상을 해 달라는 건가요? 그거야 다른 변호사가……."

"아니, 손해배상만의 문제가 아니야. 아니, 맞다고 해야 하나?"

"네?"

노형진이 이해하지 못하자 송정한이 걱정스러운 표정으로 이야기를 꺼냈다.

"지금 우리의 문제는 이 불이 어디서 시작되었는지 알 수가 없다는 거야."

"불이 어디에서 시작되었는지 알 수 없다?"

"추정하기로는…… 이 작은 집에서 시작되었다는 거지."

"자, 잠깐만요."

노형진은 말문이 턱 막혔다.

사람들은 불이 났다고 하면 '아, 불이다.'라고 생각하고 만다.

하지만 법적인 문제는 그렇게 단순하게 끝나지 않는다.

만일 한 곳에서 불이 발생해서 다른 곳으로 번진 경우, 법적으로 불이 번진 곳에 대한 배상 책임이 불이 발생한 곳에 있다.

"그러니까 이 화재가 그 작은 집에서 시작되었다는 건가요? 그 소년 가장이 사는 곳에서?"

"그래."

"흠……."

노형진은 약간 난감한 표정이 되었다.

그럴 수밖에 없는 게, 사망자가 세 명이나 나온 사건이다. 더군다나 호텔이라고 하면 그 건축비도 만만치 않을 터.

"잘못하면 그 애가 완전히 핀치에 몰리겠군요."

"그래서 우리한테 의뢰가 들어온 거야. 다른 변호사들은 방법이 없다고 고개를 절레절레 흔들었다고 하더군."

"일반적으로는 그렇지요."

법대로 해석하면 배상 책임은 그 집에 사는 소년 가장에게 있다. 하나 그에게 돈이 있을 리 없으니 당연히 그 집을 빼앗길 것이다. 아니, 평생 노예처럼 버는 족족 가져다 바쳐야 할 것이다.

"호텔에서는 뭐라고 합니까?"

"절대로 봐줄 수 없다는 거야."

"절대로 봐줄 수 없다고요?"

"그래."

"흠…… 그곳 사진을 볼 수 있을까요?"

"여기 있네."

송정한은 노형진에게 사건 파일을 건넸다.

그 파일을 살펴보던 노형진은 고개를 갸웃했다.

호텔이라고 해서 무척이나 으리으리할 줄 알았는데 생각보다는 좀 후줄근해 보였기 때문이다.

"여기가 호텔이라고요?"

"관광호텔일세."

"관광호텔…… 아…….""

노형진은 상황이 이해가 갔다.

관광호텔.

사람들은 호텔이라고 하면 보통 으리으리하고 깔끔하고 화려한 곳을 생각한다. 하지만 그런 곳은 무척이나 비용도 비싸서 자주 갈 만한 곳이 아니다.

더군다나 혼자 왔다는 것은 일종의 배낭여행객이라는 소리인데, 배낭여행을 하는 사람이 돈을 많이 쓸 리 없다.

"그래서 관광호텔……."

관광호텔은 그런 사람들을 위해서 만들어진 개념으로, 호텔이기는 하지만 아무래도 4~5성급 호텔에 비하면 시설은 많이 떨어진다.

기준으로 본다면 한 3성급쯤이라고 할 수 있다.

"그런데 그 소유주가 문제야. 솔직히 이 정도 돈이 있으면 약간의 선처를 해 줄 수 있는 수준인데도 소유주가 악착같이 받아 내겠다는 거야."

"누군데요?"

"강환우라고 하는 사람일세."

"강환우?"

노형진은 그 이름을 곱씹다가 얼굴을 찡그렸다.

변호사 일을 하다 보면 직접적으로는 관계는 없어도 여러 사람에 대해서 듣기 마련이다.

특히나 새론과 거래하는 부자들이 적지 않기 때문에 그들에게서 그들의 세계에 대해서 많이 듣게 된다.

그들은 변호사들이 비밀을 지킬 걸 알기 때문에 이런저런 수다를 다 떨어 댄다. 그리고 그중에는 강환우라는 이름도 있었다.

"강환우라고 하면, 다른 분들이 천민자본주의의 정점 같은 놈이라고 불리는 사람 아닙니까?"

"맞아."

"지랄 같네요."

그에 대해서는 여러 사람들에게 들었다.

그런데 그들의 표현은 여러 가지였다.

돈벌레, 인간 같지도 않은 놈, 상종 못 할 놈, 독종.

여러 가지 표현법이 있었지만 그걸 모아 보면 단 하나의 결론이 나온다.

돈만 바라보며 다른 건 신경도 안 쓰는 인간.

"심지어 다른 부자들과 교류도 안 한다면서요?"

"그렇다고 하더군."

아무래도 사람이란 족속은 자신과 비슷한 등급의 사람들과 교류하기 마련이다.

그런데 그는 그러지도 않았다. 오로지 돈만 알고 돈으로 사람을 이용해 먹을 줄만 알지, 교류 따위는 신경도 쓰지 않았다.

"골치 아프군요."

"후우."

부자들은 그와 상종도 하지 말라고 했다.

그럴 수밖에 없는 게, 심지어 자기 지인한테도 사기를 치려고 하는 인간이었기 때문이다.

듣기로는 부모님이 돌아가시자 자기 동생한테 사기를 쳐서 유산을 빼앗고 자살하게 만들었다나?

"애매하군요."

"그래."

"일단은…… 의뢰인을 만나 봐야겠군요."

아무래도 쉽지 않을 거라는 생각에 노형진은 한숨만 나왔다.

⚖️

"안녕하세요."

여드름이 난 얼굴로 쭈뼛거리면서 앉아 있는 아이.

강석현.

고등학생이다 보니 노형진이 학교까지 직접 찾아왔는데, 기죽은 모습을 보니 왠지 더욱 짠해 보였다.

"이야기는 들었단다. 그래, 화재 때문에 집을 빼앗길 상황이라고?"

"네."

얼마나 울었는지 그 아이는 침울하게 고개를 숙일 뿐, 눈물조차 보이지 않았다.

"어쩌다가 화재가 난 거니?"

"경찰의 말로는 합선으로 인한 화재래요."

"합선?"

"네…… 집이 너무 오래돼서 합선된 것 같다고……."

"흠……."

하긴, 노형진도 그 부분에 대해서는 수긍할 수밖에 없었다. 사진으로 봐도 흔적으로 봐도, 무척이나 오래된 집이었고 제대로 관리되는 곳도 아니었으니까.

'아무래도 고등학생이 혼자 관리하는 데에는 한계가 있겠지.'

"그러면 동생은 지금 어디 있니?"

"일단은…… 시설에 있어요."

시설이라는 말에 노형진은 살짝 얼굴을 찡그렸다.

시설이란 보육원을 뜻하기 때문이다.

과거에는 고아원이라 불렸던 곳.

"너도?"

"네."

집이 홀라당 타 버렸으니 어쩔 수 없었으리라.

"그래서 그 호텔 주인하고는 이야기해 봤어?"

"네. 그런데 절대로 봐주지 않겠대요."

"도대체 얼마를 요구하는데?"

"일단 호텔 수리비로 12억요."

12억이 무슨 개 이름도 아니고, 고작 고등학교 2학년밖에 안 된 아이가 그런 돈이 있을 리 없었다.

"거기에다가 그 사망자 합의금이랑…… 영업 손실까지 나중에 청구하겠다고……."

"그건 좀 심하군."

옆에서 가만히 듣고 있던 송정한은 얼굴을 와락 찡그렸다.

그 정도면 거의 20억 이상은 될 것이다.

문제는, 그렇게 되면 석현이가 아무리 노력해도 죽는 순간까지 갚는 건 불가능하다.

"흠……."

노형진은 얼굴을 찡그린 채로 고민에 빠졌다.

'이거 참 곤란하네.'

법적으로는 확실히 강석현이 잘못한 것이기는 하다. 하지만 그렇다고 터무니없는 배상금을 달라는 것도 좀 그랬다.

"어떻게 생각하십니까?"

"건물 수리비가 12억이라……. 좀 많군."

"아무래도 외관 리모델링을 싹 하려고 하는 모양이군요."

"핑계 대는 김에라는 건가?"

"네. 아무래도 외관이 오래되기는 했으니까요."

"망할 놈."

불이 났다고 하지만 건물이 통째로 탄 것도 아니고 그저 외부가 좀 그을렸을 뿐이다. 사망자는 안타깝지만, 건물 자체에는 그다지 큰 문제가 없었다.

그런데 12억이라는 건 핑곗김에 아예 외관 리모델링을 싹 하겠다는 소리였다.

"어떻게 하는 게 좋겠나?"

"글쎄요……. 가장 좋은 건 보험으로 해결하는 건데."

노형진은 혹시나 하는 생각에 강석현을 바라보았다.

하지만 강석현은 고개를 흔들었다.

"제가 보험을 들 여력이 안 되어서요."

'하긴.'

정부의 지원으로 살아가는 아이들이다.

그나마 부모가 물려준 그 작은 집이라도 없었으면 아마도 진짜 고아원에서 살아야 했을 것이다.

'그나마도 석현이가 얼마 후에 졸업하면 지원도 끊어질 텐데.'

아직은 둘 다 미성년자라 정부에서 지원이 나오지만 석현이가 성인이 되면 분명 지원이 끊어질 것이다.

그런 상황에서 엄청나게 남아 있는 빚을 생각하면 재기는 불가능하다.

"그 땅으로 어떻게 안 될까요?"

"힘들 것 같구나."

그래도 나름 노른자위 땅이기는 하지만 위치가 영 애매했다.

주변에서 접근할 수 있는 길이 아주 작은 샛길 하나뿐인 데다가 평수도 너무 좁아서 사람들이 사려고 하지 않았던 것이다.

'이걸 정가에 살 사람은 없지.'

솔직히 그 땅은 쓸모가 없다.

도시 중심부에 가깝기는 하지만 좁고 접근도 어려우며 주변의 고층 건물에 가려져서 제대로 보이지도 않는다.

땅 가격은 비싸지만 쓸모가 없어서 경매해도 제대로 된 가격이 나오지 않는다.

"일단은 호텔 측 주인과 이야기해 봐야겠구나."

"힘들 거예요."

"그래도 해 봐야지."

"큰아버지가 그렇게 착한 사람이었다면 우리 부모님이 돌아가시지도 않았을걸요."

"응?"

노형진은 강석현의 말에 순간 자신의 귀를 의심했다.

"뭐라고?"

"큰아버지가 그렇게 착한 사람이라면 저희 부모님이 돌아가지 않으셨을 거라고요."

"그게 무슨 소리야? 큰아버지라니?"

"그 호텔 주인이 큰아버지예요."

노형진은 입을 쩍 벌렸다.

"뭐라고!"

큰아버지.

즉, 강석현은 강환우의 조카라는 소리다.

"그런데 그렇게 한다고?"

"네."

"이런 미친……."

물론 조카라고 해서 피해를 입힌 것에 대한 책임을 안 묻지는 않았을 것이다. 하지만 가족이라는 게, 어느 정도 선에서 합의는 할 수 있다.

애초에 자신의 조카라면 그런 환경에서 살도록 두지 않았을 것이다. 그랬다면 화재가 날 가능성도 없었을 테고.

"조카한테 이런다는 거야?"

"네……."

"이런 미친놈……."

피도, 눈물도 없는 돈벌레라고 들었지만 진짜로 이런 놈일 줄은 몰랐던 노형진은 어이가 없어서 말이 나오지 않았다.

"그럼 부모님은?"

"그 인간한테 사기를 당해서……."

노형진은 그제야 다른 부자들이 했던 이야기가 생각났다.

자기 형제조차도 사기로 몰락시킨 인간이라고.

"부모님이 사기로 재산을 거의 다 잃어버리셨거든요. 그래서 그 집만 간신히 남았어요."

"그 집만?"

"네……."

할아버지는 소문난 자산가였다고 한다.

그래서 두 아들에게 재산을 똑같이 물려줬는데, 큰아버지라는 인간이 강석현의 아버지, 그러니까 자기 동생에게 사기를 쳐서 그 재산을 모조리 빼앗았다는 것이다.

"그 빌딩이 있는 곳도 애초에 우리 아버지 땅이었고요."

"흠……."

노형진은 더 이상 아무런 말도 할 수가 없었다.

'그런 놈이 있기는 있으니까.'

쓸쓸한 일이지만 그게 현실이다.

돈 앞에서는 피도 눈물도 없는 놈들이 있다.

"노 변호사, 아무래도 안 될 것 같지?"

송정한조차도 걱정스러운 얼굴이 되었다.

"그래도 어쩌겠습니까?"

현 상황에서 불리한 것은 자신들이다.

명백하게 이 아이의 집에서 불이 났다면 그 배상 책임은

석현이에게 있다.

"최대한 설득해 봐야지요."

노형진에게는 그거 말고는 아무런 방법이 없었다.

"웃기지 마."

넓은 방. 고급스러운 소파에 앉은 강환우는 시가를 물고는 피식 웃었다.

"내가 왜?"

"그래도 하나뿐인 조카 아닌가요?"

"조카 같은 소리 하고 자빠졌네."

"네?"

"내가 그 새끼 때문에 입은 피해가 얼만지 알아? 알아서 꺼졌으면 애초에 이런 일도 안 벌어졌잖아?"

"무슨 말씀이신지?"

노형진은 고개를 갸웃했다.

하지만 강환우는 설명해 주고 싶은 생각이 없는 모양이었다.

"법대로 할 테니까 그렇게 알아 둬."

"강 사장님."

"누구보고 사장님이래! 나 회장이야, 회장! 알아!"

소리를 버럭 지르는 강환우.

그는 얼굴을 와락 찡그리며 벌떡 일어났다.

"어찌 되었건 그 비렁뱅이 새끼를 돌봐 줄 생각 없으니 맘대로 하라고 해! 법대로 할 거야! 알겠어!"

"그러지 마시고……."

"시끄러워! 야! 끌어내!"

아무리 설득하려고 해도 강환우는 요지부동이었다.

결국 어쩔 수 없이 밖으로 나온 노형진은 한숨만 쏟아 냈다.

"어떻게 방법이 없겠나?"

"그러게 말입니다, 하아."

노형진은 한숨을 푹푹 쉬었다.

'이건 완전히 대책이 없는데?'

자신이 아무리 뛰어나도 법적으로 확실한 사건을 뒤집을 능력은 없다.

"그나저나…… 좀 이상하군요."

"응?"

"아까 그랬지요, 그 집 때문에 손해가 크다고."

"그랬지?"

"그게 왜 손해일까요?"

"글쎄."

노형진의 의문에 송정한도 고개를 갸웃했다.

아이가 불쌍해서 자신도 이번 사건에 나서기로 했지만, 그런 것에 대해서는 알아보지 않았기 때문이다.

이것이 법이다

"뭔가 있는 것 같습니다."

"그게 중요한 것일까?"

"모르지요. 하지만…… 현재로써는 그거 말고는 방법이 없어 보이네요."

매달릴 만한 것이 필요한데 그 외에는 길이 보이지 않았다.

"아무래도 그쪽으로 파고들어야 할 것 같습니다."

"흠……."

노형진의 말에 송정한은 고개를 끄덕거릴 수밖에 없었다.

⚖️

"이게 문제인 것 같더군요."

"문제?"

"네."

고문학은 서류를 가지고 와 송정한과 노형진에게 건넸다.

서류를 보자 왜 강환우가 강석현 때문에 손해를 봤다고 생각하는 건지 알 수 있었다.

"그 주변의 땅은 모두 강석태의 땅입니다. 딱 그 집만 빼고요."

"그래?"

"네. 아마도 그 집을 팔면 아무 데에서도 살 수가 없으니 그런 것 같습니다만."

"그런데 손해라니…….."

"이야기를 좀 들어 봤는데, 거기에 주차 시설을 지을 생각인 것 같습니다."

"주차 시설?"

"네."

송정한은 그게 왜 손해인가 하는 얼굴이 되었지만 노형진은 왠지 알 것 같았다.

"요즘은 시대가 시대인 만큼 주차 시설이 필수니까."

"그런가?"

"네."

강환우의 건물은 80년대 초반에 지어졌다.

당연히 오래돼서 주차 시설도 많이 부족하다. 호텔로서는 치명적인 약점인 셈이다.

"더군다나 지하에는 클럽까지 있습니다. 클럽에 오는 손님들이 적지 않지요."

"끄응…… 그렇겠지."

노형진의 말에 송정한은 대충 상황을 알아차렸다.

"그래서 결국 건물 뒤쪽으로 주차 시설을 세울 생각인 거군."

"네. 하지만 그 집의 위치가 애매하군요."

노형진은 색연필을 꺼내 소유권을 나눠 둔 지도를 각각 다른 색으로 칠하기 시작했다.

"보다시피 이 주변은 대부분 고층 건물입니다. 뒤로 들어갈 수 있는 입구가 없지요. 단 한 곳만 빼고요."

"그 집이군."

"네."

아무리 강환우가 돈이 많아도 뒤쪽에 들어가는 길을 만들기 위해 고층 건물을 사서 부술 수는 없는 노릇이다.

"결국 강환우는 주변을 다 사 두기는 했지만 입구를 확보할 수가 없어서 주차 시설을 만들지 못했을 겁니다. 이 집이 입구나 출구를 만들 수 있는 유일한 위치니까요."

"그래서……."

"네."

송정한은 색이 칠해진 지도를 뚫어지게 바라보았다.

"그러면 그 녀석이 방화를 저질렀을 가능성이 있지 않을까?"

그렇다면 어쩌면 사건을 쉽게 해결할 수 있을 거라 생각하는 송정한이었다.

하지만 고문학은 고개를 흔들었다.

"아니요. 그럴 가능성은 낮습니다. 방화라면 불이 낮은 곳에서 높은 곳으로 번져야 하는데, 현장의 사진을 보면 불은 지붕 아래 높은 곳에서 시작되었습니다. 사람이 접근할 수 없는 장소입니다."

"방화일 가능성은 전혀 없나?"

"네."

"젠장!"

송정한은 혀를 찼다.

방화였다면, 어쩌면 그 아이들을 구할 수 있을지도 모른다. 하지만 방화가 아닌 이상에야 자신들이 어떻게 할 수 있는 것은 없었다.

"강환우가 그렇게 뻔한 작전을 쓸 것 같지는 않군요."

노형진은 기록을 보면서 곰곰이 생각에 빠졌다.

"그러면 어쩌지? 진짜로 배상금을 물어 줘야 하나?"

물론 재판하게 되면 확실히 그가 요구하는 20억에서 깎을 수 있다. 하지만 아무리 그래도 10억 이상의 배상금이 나올 수밖에 없다. 사망자에 대한 문제가 있기 때문이다.

그러면 아이들의 미래는 말 그대로 시궁창인 셈.

"어쩔 수 없지요."

노형진은 사진을 뚫어지게 바라보았다.

"소송하는 수밖에."

"반갑지는 않은 소송이군."

"네."

질 수밖에 없는 소송을 해야 한다는 생각에 송정한도, 노형진도 자신도 모르게 한숨을 쉴 수밖에 없었다.

덕민 현대 판타지 장편소설

두 개의 심장을 가진 자

감탄이 나오는 얽히고설킨 치밀한 구성
수컷 냄새 물씬 풍기는, 묵직한 수사 활극!

저주처럼 머릿속에 각인된 프로파일링 능력으로
모든 범죄를 꿰뚫어 볼 수 있는 형사 박상욱

잃어버린 과거를 파헤칠수록 접하게 되는 비밀과 무공
그리고 피해 갈 수 없는 세상 밖 세상, 쟁천의 무리

재벌도 명문가도 악마도, 그냥 범죄자일 뿐
싹 다 조져 버려!

ROK
MEDIA